CARAMBAIA

17

Chrysanthème Enervadas

Posfácio
Beatriz Resende

CHRYSANTHÈME é o pseudônimo da carioca Cecília Moncorvo Bandeira de Melo Vasconcelos (1870-1948). A escritora, hoje praticamente desconhecida, é a autora de uma vasta produção literária nas décadas de 1920 e 1930, composta por romances, crônicas, livros infantis, peças de teatro e ensaios. Dos 16 livros que publicou, conservaram-se raros exemplares — como é o caso deste *Enervadas*, lançado em 1922, que, ao que tudo indica, nunca recebeu uma segunda edição. Na obra de Chrysanthème, destacam-se as personagens femininas que questionavam os papéis tradicionalmente impostos à mulher na sociedade da época.

Parte 1

1

Com a face apoiada na mão e alongada numa fofa poltrona, amesquinhada e perplexa, eu penso no que me disse o médico que acaba de sair.

— Minha senhora — declarou-me ele, depois de me ter fixado longamente com um olhar estranho, que luzia através dos vidros redondos do seu *pince-nez* de tartaruga —, o que a transtorna assim tão profundamente, a faz rir, andar e chorar sem motivo, o que a impele a amar e a odiar, o que a impulsiona hoje para o bem e amanhã para o mal, o que a obriga a procurar sempre novas sensações e frequentes emoções, o que a torna, enfim, senhora de uma alma complicada e ansiosa, é que a minha deliciosa cliente é uma "enervada".

Eu deixara-o falar, com as minhas mãos somente um pouco esfriadas sobre o meu regaço, e ouvira-o a sentir o coração bater-me sem compasso dentro do peito. "Enervada", que quereria dizer essa palavra, que me soava mal como uma ameaça de moléstia nova e ainda desconhecida?

Segundo os hábitos de todo facultativo moderno, o dr. Maceu Pedrosa elogiou a minha palidez rosada, o meu *peignoir* de rendas transparentes que eu encomendara sobre um de Francesca Bertini, que admirara no cinema, e partira depois de me receitar qualquer coisa que ainda não tive a curiosidade de ler. Ficaram-me, simplesmente fincados no cérebro, o seu longo olhar admirador de médico elegante, e o seu diagnóstico incompreensível e novo para mim: enervação!

Eu sou, então, uma "enervada"; e tudo isso que me atormenta de dia e de noite, esse atropelo de pensamentos, essa ânsia de gozar a vida, de não perder um bom pedacinho dela, de amar exaltadamente, de aborrecer depois fastidiosamente o que ontem eu adorava, serão os sintomas dessa moléstia que me atacou sem que eu lhe soubesse o nome?

Mas, Deus meu! todas as minhas amigas são então como eu umas "enervadas", porque me parecem vítimas dos mesmos acessos que me martirizam ou me elevam ao sétimo céu! A Maria Helena, que vive presa à saiazinha curta da Kate Villela, é forçosamente o mesmo que eu, e Laura, sempre irritada contra o pobre Luiz, e tão poucas vezes carinhosa para ele, que se arruína em recepções, em teatros, em *toilettes* para ela, tem de ser forçosamente também uma "enervada". Não falo da Magdalena Fragoso, porque esta, à força de ingerir cocaína, perde a cabeça três ou quatro horas por dia, e nesse estado de excitação manda vir o *chauffeur* para a sala, chama-lhe filho, irmão, dá-lhe todo o dinheiro que possui e intitula-se bolchevista feroz.

Se me tivessem achado esgotada, neurastênica, com o fígado congesto ou o rim mal colocado, eu choraria, temeria a morte e, para impedir a sua vinda, numa covardia viscosa, ter-me-ia ajoelhado aos pés de botas envernizadas do meu bonito e trescalante doutor; mas "enervada", título com que ele agraciou todos os meus desequilíbrios de moça da moda e da época, obriga-me a alinhar, de ora em diante, em folhas de papel, tudo o que se passa em mim e comigo, para que ele tenha certeza depois de que a medicina é uma ciência de intrujice, de ignorância e de palavras sem alcance e sem sentido.

Sob a influência desse desejo de provar a Maceu que ele não entende nada de moléstias femininas e que não me impôs nenhum terror com o seu diagnóstico pomposo de "enervada", saltei, como disse, lépida e viva da cadeira, corro à mesa, e, diante de um mimoso papel de cartas, comprado para enviar ao Roberto as frases de amor que me brotam da mente, quando ouço uma mórbida valsa lenta ou um fogoso tango americano e leio alguns versos de Geraldy, principio a escrever a história da minha moléstia, que penso não ser moléstia, mas eflúvios de uma alma de mulher bem da sua época. Antes de encetar a narração fidelíssima do meu mal, se mal ele é, torna-se necessário que eu observe aqui as respostas gaguejadas do dr. Pedrosa, quando eu, com os meus grandes olhos, abertos em súplica, lhe pedi uma explicação plausível do termo "enervada", que ele empregara.

Ainda conservo a recordação, pensando bem, do sorriso que lhe desabrochou nesse momento, nos lábios finos e rosados, que, ao erguerem-se, mostraram uma pequenina coroa de ouro, que se ocultava no fundo da sua orla dentária perfeita:

— Ser "enervada", minha formosa doente, é ser o que é, entendeu? — respondeu-me ele erguendo-se.

Eu não entendi nada, mas a boca de Maceu era tão vermelha e sugestiva, assim entreaberta, que o lembrar-me de fechá-la com um beijo fez-me olvidar todo o resto.

Não sei se ele adivinhou esse pensamento malsão, que me mudou o olhar um segundo, mas recordo-me que a sua mão muito branca e alongada me deu uma palmadinha afetuosa no braço nu, que parecia de jaspe, na doce sombra do aposento em que nos achávamos.

Será ser "enervada" ter-se vontade de beijar um médico moço e bonito que nos visita na intimidade do nosso quarto, que nos apalpa e nos ausculta com carinho e a quem nós confessamos os nossos gostos, os nossos sonhos, os nossos temperamentos?

Certamente que não. Isso é ser-se humano e mais nada.

Bem! mas continuemos, ou antes, comecemos a nossa narrativa. Antes de tudo tratemos do meu físico, porque muitas vezes o físico ajuda a compreensão do moral. Eu fiz, na primavera passada, 30 anos, que completaram, com sua pujança, o encanto um pouco delgado demais antes deles da minha pessoa. Entretanto só confesso 26. Todas as minhas amigas agem como eu, e, quando alguém duvida da veracidade de uma de nós, todas as outras afirmam e juram, numa voz só, que a esperança de que seja sincera na questão de idade é irrealizável, pois é um crime antifeminino. Até a *mignone* Kate, que fez a semana passada 20 anos, disfarça a sua pouca idade, dizendo em tom terno e com aqueles olhos claros de criança, que ainda não completou 16!...

A mentira faz parte, como se vê, da organização social de hoje. Está na massa do sangue de todos nós.

O dr. Pedrosa garantiu-me que eu sou bem constituída, frase que eu tomei na sua verdadeira expressão, que eu era excessivamente bem-feita, apesar de alta e delicada. Os meus olhos de que cor serão? Esperem que eu vá buscar um espelho e, mirando-os, eu os descreverei melhor. Muito bem. Eles possuem uma cor indecisa entre cinzento e azul, mas pertencem à classe dos felinos, em que a falsidade se alia a uma misteriosa luz. Quando eu era criança, a minha mãe, antes de ir para os bailes, beijava-me um instante levemente, muito de leve na testa, e contemplando-me um instante no seu *face-à-main*[1] de ouro, exclamava: "Esta pequena tem uns olhos de gata".

"Deve enxergar no escuro!" Foi desde esse dia que eu entrei a sonhar com gatos, a imaginar-me uma gatinha branca na outra existência e a extasiar-me de gozo, quando uma tarde em que discutíamos, uma das minhas camaradas me disse com cólera: "Já estás tu com os teus olhos de gata enraivecida!". Os meus cabelos? Realmente, já esqueci a sua cor natural, porque a moda hoje prescrevendo o simples castanho ou o negro banal das tranças femininas, eu tentei, com a ajuda do *henné*[2], dar-lhes um colorido entre verme-

---

[1] Em francês, lornhão, espécie de luneta feminina. [TODAS AS NOTAS SÃO DESTA EDIÇÃO, SALVO MENÇÃO CONTRÁRIA.]
[2] Grafia francesa para *henna*, tintura indiana para cabelos.

lho e preto, que atrai o olhar como uma chama velada. Estou crente que me veem tal qual sou depois desse retrato, não? Esbelta, alta, de rosto fino, olhos perversos, em toda eu transpira o anseio louco de ser admirada, desejada e de sentir bem nos lábios, que uma macia e rósea polpa forra, todo o sabor gostoso da vida.

Eu possuo umas parentas velhas que me julgam uma criatura abandonada por Deus e condenada às fogueiras infernais. Quando me encontram na rua, sobretudo depois do meu divórcio com Júlio, cuja honra se sentiu melindrada repentinamente, mas só após as minhas idas sucessivas ao ministro para que este lhe arranjasse um emprego e uma promoção —, elas fecham e sombreiam as velhas e murchas faces quando nos passeios ou festas me avistam esgalgada e formosa nos meus vestidos ultramodernos, dentro dos quais o meu colo, os meus braços e as minhas pernas não se sentem prisioneiros. É uma graça ver-se então os olhares faiscantes de desdém invejoso que as anciãs me lançam dentre as pregas amolecidas e balançadas das suas gorduras amarelas. Eu rio-me, sempre, nessas ocasiões, mas oculto uma intensa vontade de lhes dizer que eu não sou tão ruim, nem tão pecadora como elas me julgam, segundo a sua estreita visão da virtude.

Por que seria eu má? Meu pai era bom, generoso, embora melancólico por causa da existência a que o obrigava minha mãe, fútil e gozadora, para a qual dormir era perder tempo e meditar estragar o dia. Vejo ainda meu pai no fundo do seu gabinete a estudar latim, a lê-lo em voz alta, fazendo soar bem claro o final das declinações. Eu, como filha única, possuía a inteira afeição desse casal tão disparatado, mas essa afeição só transparecia em tão raros momentos que muitas vezes, esquecida dela, eu me agarrava à criada preta que cuidava de mim. Mas eu nunca fui realmente má. Tinha sempre um gesto de carinho para o nosso velho cão Nestor, e vertia lágrimas quando minha mãe, aborrecida com as lambidelas do pobre animal, o empurrava com o pé ou com qualquer outra coisa que encontrasse à mão. Pobre e triste Nestor, como ele respondia ao afeto que eu lhe servia, ambos nós isolados na grande casa do Rio Comprido, cujas alamedas corríamos um atrás do outro, gritando eu, latindo ele, numa fusão de alegria de dois amigos íntimos!

Não sei por que hoje, diante desse quadrado de papel róseo, em que resolvi escrever minha história passada e presente, a fim de *interloquer*[3] o galante dr. Maceu sobre o seu pseudodiagnóstico de "enervada", muita recordação que eu julgava olvidada me vem à mente! Evoco os meus 15 anos, e lembro-me de

---

3 Em francês, surpreender.

que no dia desse meu aniversário minha mãe despertou com uma face tão aborrecida que imediatamente tudo e todos na casa tomaram um aspecto tristonho. Convidara eu algumas camaradas minhas do colégio que frequentava naquela ocasião como interna, e à vista do rosto cerrado da minha progenitora compreendi logo que o meu *lunch* ficaria gorado. Fazia um lindo domingo, todo luz e ouro, com uma brisa fresca a embalar as árvores da nossa chácara. Do repuxo, a água irisada caía em chuva fina sobre a bacia, onde, de espaço em espaço, uma cabeça de anjo se debruçava. Eu era naquele dia uma mulher, pensava eu, e no meu cérebro uma imensidade de desejos vagos mas tumultuosos e em borbotões se acendiam.

Passei pelo jardim, cheirando as flores, mirando o céu rutilante de claridade e mordendo de quando em quando uma folha que arrancava das árvores enquanto passava entre elas. Fervia dentro de mim um mundo de esperanças, de ânsias, de ideais mal esboçados...

Tudo isso ruiu diante do olhar da minha mãe, que me esperava na sala de jantar. Declarou-se ela doente, incapaz de receber alguém, de ouvir barulho, dando ordem para se fechar o portão e dizer a toda a gente que não havia pessoa alguma em casa.

Agora, mais experiente, eu penso que naquela bela manhã em que eu entrava nos meus luminosos

15 anos a minha autoritária e majestosa mãe teve pela primeira vez a noção da velhice que se aproximava dela, à medida que a mocidade vinha a mim, com os seus enlevos, os seus entusiasmos, a sua radiosidade.

Nessa manhã, porém, eu não imaginei nada disso: só me lembro que chorei, chorei como uma criança que ainda era.

Aliás, alguns meses depois, ela morria repentinamente em pleno fulgor, na sua plena soberania de mulher. Meu pai, viúvo, em vez de se agradar do silêncio e sossego da casa, retirou-me do colégio mundano onde me educavam, ensinando-me o francês, as danças, as distinções sociais entre os ricos e os pobres, entre as meninas que pagavam muito e as que pagavam pouco, entre as que trajavam elegantemente e as que um vestido modesto somente podiam usar, e deu-me professoras a domicílio. Começou então, para mim, uma existência feliz e livre...

Recebia quem queria, nos meus dias de recepção, dançava em liberdade os tangos modernos e lia tudo que me caía debaixo dos olhos. As minhas velhas tias já citadas quiseram intrometer-se no meu modo de viver, censurando-o a meu pai, mas eu servi-lhes um tal gelado diálogo quando elas me foram visitar depois disso que já naquele tempo eu lhes devia parecer uma alma danada!

2

A existência corria para mim brilhantemente, embora eu tivesse de quando em vez os meus momentos de fastio e de intensa fadiga d'alma. Nesses dias, encerrava-me no meu quarto, fechava todas as janelas e cortinas e, no meu leito, abraçada a um úmido ramalhete de rosas ou de cravos, eu cismava vagamente em mil coisas, ou simplesmente modorrava de um modo doentio. Não pensava por enquanto na morfina, que nos causa bebedeiras paradisíacas, nem na cocaína, que, depois de uma ligeira exaltação, nos serve a calma sem eternidade de uma morte aparente.

O mundo e os seus deleites, o sofrimento com o seu cortejo lívido de apreensões, desapareciam do meu cérebro nessas ocasiões em que eu sentia o arrancamento ou uma fuga d'alma fora do meu corpo. Jazia horas e horas atirada sobre o leito como um manequim quebrado e, quando voltava a mim, os meus olhos erravam atônitos e piscantes em torno do meu quarto luxuoso e perfumado, que eu desconhecia um segundo. Esmagadas, moribundas, as flores destilavam um aroma estranho, um aroma de esquife, e perdiam-se entre as rendas da minha colcha e entre as pregas do meu *peignoir*. Era como se tornasse a mim depois de um desmaio, e juro-lhes que nunca me achei tão linda como após esses estados mórbidos a que eu me entregava com uma delícia inconsciente e um temor em que havia o receio de não mais voltar à vida. Quando lassa, com uma leve dor nas fontes e o corpo entorpecido como se tivesse sofrido uma flagelação, eu me erguia dentre os travesseiros, o meu primeiro cuidado era abrir largamente as venezianas que impediam a entrada da luz de fora e mirar-me no grande espelho que defrontava a minha cama. Em geral, esses meus acessos atacavam-me no meio do dia, após noites consecutivas de danças, tardes de recepções extensas em que eu recebera palavras de amor, sem que elas ecoassem no meu espírito ou no meu organismo. Eu adorava os aromas fortes, as músicas ardentes, os vinhos doces e, sob o domínio desses venenos que se intrometiam pelas minhas narinas, pelos meus ouvidos e pelas minhas entranhas, eu me sentia capaz de tudo, nova Antéa surgida de todas essas capitosas sensações. No langor dos tangos, ao calor do perfume destilado pela minha própria transpiração ou pela do meu companheiro, ao som das harmonias sensuais e tendo ainda na garganta o sabor ardente do *champagne*, eu me imaginava em países irreais, apaixonada brutalmente por aquele homem que eu mal vira e que rodopiava comigo, atento somente aos passos sábios da dança moderna. Cessava a música, o aroma fugia à quebra dos movimentos, o vinho deixava de exercer sua ação e eu, envergonhada, tornava a adquirir a minha personalidade de moça da moda que também é moça de família. Ah! se os homens adivinhassem o que se passa no íntimo das raparigas com quem dançam, as cenas seriam ainda mais escandalosas do que já o são.

Uma noite, papai, sempre muito pálido, jogava pôquer na salinha, próxima ao grande salão, com alguns amigos, quando um dos meus melhores tanguistas me apresentou Júlio de Azevedo, que, mais tarde, devia ser escolhido pelo Destino para meu marido. Diziam-no admirável no *fox-trot*, no *ragtime* e na mazurca. Mirei-o de alto a baixo com o meu *lorgnon* de tartaruga como se mira a um cachorrinho de luxo com que se é presenteado e depois estendi-lhe a mão tão bruscamente que as minhas pulseiras tilintaram. Era o meu *chic* esse aperto de mão rápido, robusto. E conversamos naturalmente sobre danças. Júlio pareceu-me uma mulher disfarçada, mas a finura da sua cútis que uma leve camada de pó de arroz cobria, a sua boca fresca de dentes sãos, que lembravam os do meu *loulou* todo branco e ouro que eu apelidara *Vice*[4] para desconcertar as minhas tias, fizeram com que eu simpatizasse com ele. E nessa noite ensaiamos os nossos mais difíceis

---

4 Vício. [N.A.]

passos terpsicorianos. Lembro-me tão bem dessa noite que me parece ainda senti-la no céu e na terra! Havia luar, um pálido luar que, de quando em quando, nuvens tapavam e um silêncio fora do comum reinava àquelas horas na nossa rua. Debaixo da janela onde eu me debruçara com Júlio depois de um *ragtime* cheio de ciência e ardor, um arbusto de jasmins brancos, como gotas de neve, estrelava a grama e deles subia um aroma tão forte que me transtornava a cabeça. O rosto do meu par era sereno como a noite e só os seus olhos, de uma cor amarela, brilhavam na escuridão. Fui *coquette*, soltei uma daquelas risadas cristalinas que se balançam entre a ingenuidade e a ironia e encostei meu braço, alvo como uma camélia branca, na manga escura do seu smoking. Ele virou para mim a face, que uma interrogação riscava, e o seu olhar procurou o meu de frente e sem timidez. Recuei o braço, ri de novo e, na pausa silenciosa que entorpecia a noite, eu aspirei de novo o aroma dos jasmins. A música, na sala, recomeçara as suas ondas de harmonia e, por mim e em mim, passou um sopro infernal. Júlio pegara na minha mão, que se assemelhava a uma flor, e a levara aos lábios. Dos seus cabelos escuros, separados no meio da testa, um voluptuoso cheiro de loção veio às minhas narinas. Sem uma palavra, ele me enlaçou e dançamos tão perfeitamente que uma salva de palmas nos saudou ao terminarmos. Eu empalidecera debaixo da nuvem de *rouge* que já usava e ele corara como o caçador que sente a presa ao seu alcance.

Essa noite, oh! meu Deus!, essa noite ou antes essa madrugada como eu me senti viver! No terraço que sucedia ao meu quarto, entre os vasos de flores e as grossas tinas de palmeiras que o ornavam, fitando o firmamento esbranquiçado pela lua que vencera as brumas e que se estatelava nele como uma obreia pálida, eu gritei apertando os meus seios que, turgidos, erguiam o meu penteador: "Eu hoje sou feliz, completamente feliz!".

Um galo cantou num quintal próximo como se respondesse ao meu clamor de felicidade por um sarcasmo. Mas eu, soltando os meus cabelos como um pavilhão de formosura e de triunfo, desafiei o universo inteiro.

3

Desde essa noite, o meu *flirt* com Júlio tornou-se mais ativo e começaram as pessoas das nossas relações a lançar-nos indiretas que me faziam morder os lábios e piscar os olhos indecisos do meu constante par de dança. Ele, porém, não me falava em casamento e isso me agradava. A incerteza da estrada que trilhávamos juntos, com a boca fremente e as mãos mornas, agradava ao meu temperamento inimigo da fixidez e da banalidade. As minhas virtuosas parentas tentaram uma vez, com voz dulçorosa e ameigando a fita da minha blusa, aconselhar-me que averiguasse das intenções daquele admirador que cortejava uma donzela com demasiada desenvoltura. Prometi-lhes seguir tão bom aviso e a minha doçura espantou-as. Mas não cumpri a minha promessa, está bem visto. Sentia-me tão boa, tão meiga naquela ocasião que dera ordem que não negasse esmola a nenhum miserável que nos batesse à porta. Frequentava agora as igrejas e, ao som do órgão sagrado, as minhas ideias tornavam-se de um tal ardente misticismo que me aconteceu muitas vezes chorar em plena missa.

Nas tardes em que não via Júlio, eu passava debaixo do caramanchão da chácara, mordendo, segundo meu velho costume, folhas verdes que arrancava das árvores ou engolindo as pétalas dos jasmins pequeninos que caíam no meu regaço.

Nas noites de dança, as minhas amigas estranhavam o meu nervosismo, a frieza das minhas mãos, a mutação do meu olhar até que Júlio chegasse. Ele aparecia e uma onda de bem-aventurança me banhava o organismo. Júlio, sempre elegante, beijava-me as pontas dos dedos que eu, num esforço, não apertava contra os seus lábios, e dançávamos depois a noite inteira juntos. Julgando hoje o passado, eu vejo esse amor da minha mocidade como um romance sem palavras, mas no qual os passos, os saltos, os maneios abundam. Júlio nunca me disse que me amava, mas me enlaçou com mais força contra ele no dia em que compreendeu que me perturbava. E assim nós deslizamos até o dia em que meu pobre pai, sempre abatido, o chamou ao seu gabinete, para informar-se das suas intenções para comigo. Eu não me lembro bem do que se passou nessa hora que me pareceu trágica, mas não me esqueci de que, avisada da conferência de Júlio com meu pai, eu corri a mudar de vestido e a pulverizar-me o rosto. Não me olvido também da irresolução em que fiquei diante do armário aberto e repleto de *toilettes* de todas as cores.

Poria um vestido claro ou um escuro? Daria à minha fisionomia uma expressão de prazer ou de doce melancolia? E quando meu pai me chamou a fim de saber da minha opinião a respeito de um casamento possível com Júlio, eu tive de lhe pedir alguns minutos de espera para proceder à escolha da *toilette* que devia envergar em tão solene momento.

Consultar a minha velha ama, que não me deixara depois da morte da minha mãe e que era pelo singelo vestido branco, símbolo da inocência? Segui o seu conselho e apareci no gabinete paterno, bem diversa da tanguista infatigável e ardorosa que o meu noivo conhecia. Ainda nessa tarde, Júlio quase não me falou, contentando-se em apertar com mais força a mão que lhe entregavam para a dor e para a alegria, para a vida e até que esta se extinguisse. Meu pai, comovido, contemplava-nos com os seus bons olhos de idealista, enquanto Júlio e eu combinávamos num olhar todo um plano de bem gozar a existência.

Não sentia nenhuma emoção naquele instante e, bem a gosto no meu vestido imaculado e coberto de rendas com as quais o vento brincava, eu pensava no casamento como uma festa em que seria eu a única rainha admirada e imperante.

Estou certa hoje de que Júlio não pensava diferentemente. Quando, afinal, todos três de acordo, meu pai tentou dirigir-nos algumas palavras de conselho e de felicitação, o ruído dessas frases embebidas de gravidade e de receio pelo futuro causou-me uma impressão de espanto. Mirei o meu noivo e notei que o seu olhar errava vagamente pelo jardim que se alargava e se avistava pela janela aberta. Observei mesmo que ele reprimia a custo um bocejo.

O nosso prazer foi imenso quando sozinhos nos encontramos no salão de festa, que as cortinas cerradas inundavam de uma sombra suave e confortável. Fui eu quem lhe ofereceu os lábios que ele aceitou depois de uma leve hesitação... Por isso o meu primeiro beijo foi frouxo, sem sabor, inexpressivo. Não fiz caso...

E à noite, no sarau em que declaramos aos amigos o nosso noivado, bailamos loucamente, numa união estreita, em que eu sentia a respiração quente de Júlio acariciar-me o rosto que calafrios convulsionavam e distendiam. Eu colocara à cintura um grupo de jasmins tão perfumados que a vertigem me subia ao cérebro quando esse aroma, que envenena, chegava até lá. No fim da festa, uma enxaqueca teimosa repuxava-me os cabelos e enlanguescia-me os olhos, mas havia ainda volúpia nesse odor que me atordoava; Júlio, impecável, contentava-me em sorrir-me e em apertar-me contra si.

Eu possuía nessa época duas amigas íntimas e tão diversas de caracteres e de físico que não pareciam pertencer ao mesmo sexo. Uma era essa Maria Helena de quem já falei no princípio destas memórias que comecei por desfastio e que agora já me interessam. Essa rapariga, muito sensível, vivia presa de afeições que ora a exaltavam ora a mortificavam. As suas amiguinhas, ela as queria sempre a seu lado, ocupadas dela só num exclusivismo feroz, numa absoluta dependência de sua pessoa. Os seus beijos gulosos cravavam-se a todo instante nos lábios da favorita do momento e o nome escolhido para o trato entre ambas era sempre o anônimo "meu amor".

Nunca conheci na Maria Helena o menor namoro com rapazes e hoje, mais do que nunca, ela os detesta e os maldiz. Quando eu lhe comuniquei o meu próximo enlace com Júlio, ela fez uma tal careta de repugnância que quase eu me zanguei. Nesse tempo ela vivia muito agarrada a uma espanholita, de largos olhos verdes e cabeleira negra, que, muito pobre, se sujeitava aos seus menores caprichos.

Soube depois que essa linda criatura fugira ao braço do copeiro da velha tia, com quem a minha amiga, órfã de pai e mãe, habitava.

A outra companheira desse período de minha vida e que, hoje casada e mãe de seis interessantes crianças, ainda me procura apesar do que dizem de mim era a Margarida Villa Lobos. Tinha sido minha camarada de colégio como também Maria Helena o fora. Margarida, gorda, de grandes olhos pestanudos, continua a ser a excelente e equilibrada criatura que sempre conheci. Entre o meu ardente misticismo religioso, as minhas melancolias sem razão, e os mutáveis e numerosos devaneios afetuosos de Maria Helena, que a procurava para queixar-se da camarada recalcitrante aos seus enlevos ou enaltecer-lhe a formosura e a graça, ela se manteve sempre na altura da seriedade e do juízo que o seu temperamento exigia.

Participando a esta o meu próximo casamento, ela me abraçou e me beijou a face com uma grande emoção estampada nos seus olhos de bondade e de saúde.

Hoje, ela se tornou a esposa de um distinto industrial e a sua existência é toda devotada ao seu exército de filhos que herdaram dela o equilíbrio e a beleza moral.

— Vive bem agarrada a teu marido — disse-me ela —, e tem uma meia dúzia de filhos. A felicidade da mulher depende do lar, exclusivamente do lar, ouviste?

Sofri um estremecimento. Uma meia dúzia de filhos, que horror! E mirando o meu ventre perfeito, jurei-lhe que ele o seria sempre.

4

Casamo-nos no dia em que eu completava 22 anos, por uma tarde ventosa e lívida. Nessa manhã, ao despertar, vendo o céu coberto de nuvens cinzentas, experimentei pela primeira vez um certo temor pelo passo que ia dar. O matrimônio pareceu-me um ato mais sério do que eu o imaginara até então, envolvida que eu vivera durante todo esse tempo entre harmonias de danças e passos trepidantes de tangos. Evoquei Júlio como comparsa da nova existência que ia iniciar, e confesso que ele me causou a impressão de planar muito distante de mim, de se ir desbotando no horizonte à medida que o meu pensamento procurava fixar-lhe a figura nas minhas células cerebrais. A criada, entrando com o meu formoso vestido nupcial, onde se penduravam minúsculos botões de laranjeira, desviou-me das reflexões graves que tentavam intrometer-se pelo meu espírito fútil e fechado à razão. Logo depois, algumas amigas entraram no meu quarto e, entre elas, Maria Helena, que mirava a mim e a todos os apetrechos nupciais com um modo desdenhoso e irônico.

A boa Margarida chegou mais tarde, e, debaixo dos seus bandós desfrisados pela brisa áspera que soprava nesse dia, avistava-se os seus largos olhos que uma profunda emoção empanava. Até a hora da chegada do pretor severo e indiferente que se sentou diante da mesa da nossa sala, toda florida e aberta, como um juiz que vai julgar algum monstruoso crime, eu me balancei entre sensações diversas. As minhas amigas rodeavam-me como pressurosas damas de honra, e, a todo instante, informavam-me da presença, no salão, de algum convidado de nome e valor na sociedade. Somente a minha pobre Margarida, silenciosa, num canto, continuava a fitar-me, com carinho e receio, como se eu me atirasse a um grande perigo. Maria Helena saíra da atitude repugnada que adotara, para elogiar a minha linda e imaculada *toilette* e para admirar as redondas e leitosas pérolas que eu usaria naquele dia, desmentindo a pragmática antiga, que proíbe joias às noivas. Eu colocava, com o auxílio de um cabeleireiro untuoso e curvado, o meu véu de núpcias que descobria o meu rosto ligeiramente *maquillé*, quando a minha velha ama me anunciou que Júlio estava à porta do meu aposento. Todas as minhas companheiras, como um ruidoso bando de gaivotas, afastaram-se de mim e mesmo o artista em cabelos apressou-se em terminar o seu trabalho. E Júlio entrou corretíssimo na sua casaca e com uns olhos curiosos que se pousaram inquietos em mim, antes de ele me pedir a mão para beijar. Trocamos então um olhar investigador, agudo como lâminas de punhal que penetrassem o nosso íntimo, mas, evocando hoje esse olhar, eu vejo que ele não exprimia senão uma ampla satisfação em nos encontrarmos ambos na altura de uma elegância que o nosso meio e requinte requeriam. Meteram-me na mão o meu pesado *bouquet* de cravos brancos, entre os quais minúsculos botões de laranjeira espiavam, e partimos em séquito para a sala, onde o pretor nos esperava.

Todos os casamentos se assemelham e eu assistia ao meu como se fosse simples espectadora e não a primeira atriz dessa tragicomédia social. Enquanto o sacerdote, pensando talvez em outra coisa, nos induzia ao dever e à fidelidade, eu contava-lhe curiosamente as rugas do rosto fanado e perguntava a mim mesma o que entenderia do amor terrestre esse homem, a quem era proibido severamente amar como se deve amar na terra e como eu entendia, nesse tempo, o amor.

Foi meu pai quem primeiro me abraçou e a umidade das suas lágrimas sobre o meu rosto tornou-me pela primeira vez nervosa e trêmula. Mas a multidão que desfilava diante de mim, multidão que fazia do meu casamento uma festa sensacional, arrancou-me à melancolia que me empolgava. Retomei a minha personalidade de rapariga da moda e agradecia aos parabéns com um sorriso mais ou menos lisonjeado segundo a categoria da pessoa que m'os servia. Júlio, a meu lado, sussurrava-me baixo os nomes dos seus amigos presentes que eu desconhecia, avisando-me do modo com que os devia tratar. "Seja bem gentil com este, meu bem: é primo do ministro do Exterior"; ou: "Ofereça a nossa casa àquele, que é tão rico que nem sabe bem o que tem!". E eu obedecia já a meu marido, dando-lhe razão, e entrando franca e galhardamente no meu papel de aliada e de sócia conjugal. Para que contar a nossa curta viagem a Teresópolis, a verde encosta onde sopra sem cessar um vento frio que despenteia e na qual a imensidade de picos agudos e de negras montanhas predispõe à tristeza e ao desalento?

Quem quiser experimentar a essência verdadeira de um sentimento agarre-se àquele que o inspira e vão ambos para um desses desertos sonolentos e pacatos que se chama campo solitário e verdejante. Ao ruído metálico do bambual ao vento ou ao chocalhar das águas dos rios entre as ervas rasteiras das suas margens, o amor adormecerá para talvez não acordar nunca mais. O entorpecimento da natureza entrará em nós e matará a exaltação de que todo sentimento necessita para se preservar da saciedade e do cansaço.

Foi em Teresópolis, ao tumultuar da cascata de Imbuí, quinze dias depois da minha união com Júlio, que eu compreendi ser meu marido um dançarino exímio, mas um péssimo e fastidioso esposo.

Lembrei-me então de um conto que lera em solteira, da punição reservada aos adúlteros numa ilha da Oceania. Eram esses dois entes que tinham pecado, conduzidos a uma maravilhosa ilha deserta e postos ao abrigo da necessidade, num magnífico castelo de onde podiam sair sempre que quisessem, não podendo entretanto abandonar a ilha. Aí, eles possuíram todo o conforto e a satisfação de todos os seus desejos, mas viveram exclusivamente um para o outro, sem nenhuma espécie de entretenimento com nenhuma outra criatura da terra.

O fim era previsto. Esses dois entes, que entraram na formosa e deserta ilha adorando-se um ao outro, acabaram num tal ódio e num tal furor de fastio que, em geral, o drama terminava por um suicídio ou um assassinato. Como eu compreendi esse conto naquela ocasião!

As noites teresopolitanas eram tremendas para nós. Lá fora o grosso e negro arvoredo gemia como monstros sofredores e esparsos pela estrada, e o silêncio, que nos cercava na sala do hotel, amodorrava-nos e fazia com que bocejássemos sem mesmo levar civilizadamente a mão às bocas escancaradas. Júlio entrou a queixar-se de más digestões, e eu, de dor de cabeça, moléstia bem feminina, que encobre diversos estados d'alma.

E um belo dia arrumamos as nossas malas, demos um olhar de desdém a toda aquela verdura que ameaçava distinguir sobre nós e, leves e prestes como sentenciados que se escapam da cadeia, voltamos para o Rio.

Meu pai, com quem íamos morar, recebeu-nos carinhosamente, não podendo, todavia, esconder o espanto que lhe merecia a narração do nosso aborrecimento diante de uma solidão que, segundo ele, nos devia impelir ao amor e à confiança.

5

Os dias iam passando em visitas, idas aos cinemas, em pequenas reuniões na nossa velha casa pintada e arranjada de novo e para as quais eu convidava as minhas antigas amigas e outras mais recentes, que, alegres e pressurosas, corriam ao meu chamado. Por esse tempo conheci a histérica Laura Ferraz, uma exibitiva criatura, cheia de caprichos e de irritações, manejando nas suas águas a triste figura do infeliz marido continuamente à cata de negociatas *louches*[5], de "cavações", pronto sempre para morder os outros e contando-lhes para isso uma série de mentiras e de falsidades de todos os tamanhos. Aliás, ele não pôde manter por longo tempo este gênero de vida e um breve dia fugiu com um dinheiro alheio, abandonando a mulher, que entrou a ter amantes e a proceder com estes como procedera com o esposo. Como tivesse sido desdenhada, Laura achava-se no direito pleno de narrar livremente as suas palpitações amorosas, que, como os dias de uma semana, se seguiam sem se parecerem. Uma manhã ela cantava a cor azul de uns olhos de homem, a doçura dessa mirada, o encanto que ela exerce sobre o organismo feminino. Oito dias não eram decorridos e já o olhar negro de

---

5 Em francês, obscuras, turvas.

um outro cavalheiro enxotava para bem longe dessa mulher volúvel o sugestivo olhar cerúleo que ela celebrara com tanto entusiasmo e impudor. Logo depois entrou na minha vida a Magdalena Fragoso, bela, de uma beleza de flor doente. Principiava a picar-se com a morfina, a que sucedeu logo a cocaína. Quando me foi apresentada, ela estava no período da excitação febril, demonstrada pela chama dos seus olhos circundados de olheiras e pela gelidez das suas mãos perfumadas que terminavam em dedos trêmulos. Magdalena interessou-me muito e, uma noite em que Júlio saíra, ela me induziu a deixar-me picar pela sua seringuinha de Pravaz que continha o veneno que ela tanto apreciava.

E ambas, deitadas sobre o meu fofo leito conjugal, entregamo-nos ao doce veneno que nos levou ao país de Morfeu, dando-me a mim uns sonhos tremendos, que findaram em náuseas incoercíveis. Magdalena surgiu desse estranho sono como de um banho de leite e nunca a sua pele me pareceu mais branca e a sua formosura mais inquietadora. Hoje ela desdenha a morfina, que apelida de brinquedo para crianças, entregando-se toda à formidável cocaína, que a transforma num ser fora do mundo da razão e do equilíbrio.

Maria Helena visitava-me também algumas vezes, sempre angustiada, convulsionada de ciúmes, queixosa contra alguma amiga do seu peito que não correspondera bem ao seu afeto. Inaugurara uma vestimenta masculina, que lhe dava uns ares de adolescente insexuado, e cortara os escuros cabelos que se enrolavam em torno do seu pescoço fino e alvo.

Um dia, via-a chorar e falar em lysol, com os olhos coriscantes, faces cortadas de lágrimas ardentes, porque a eleita da sua afeição lhe mentira e fora pega em flagrante num falso que mostrava desamor e desinteresse. Não a compreendi, mas consolei-a com meiguice, pedindo-lhe não se agarrasse tanto às criaturas que não mereciam o seu carinho.

Ela me respondeu, abanando a cabecinha onde as curtas madeixas flutuavam, cheirando a rosa:

— Tu não me podes entender, querida! És tão diferente de mim!

E, efetivamente, eu não a entendia.

Margarida também não me abandonava. Casara-se com o primo que a amava desde o colégio e, mais gorda ainda, pela promessa do filho que lhe ocupava o ventre fecundo, ela mostrava-me sempre a mesma amizade e a mesma solicitude. Eu lhe vira duas vezes o marido, soberbo rapaz de 30 anos, forte, corado e trabalhador como um verdadeiro homem. Margarida dizia-me sempre quando nós falávamos dele:

— Tu não podes avaliar como Carlos é alegre e equilibrado! Aqui, na companhia de vocês, ele parece tímido e acanhado, quando não o é nunca. Mas também vocês só falam em amores, em cocaínas, em tangos, em moléstias...

Eu ria-me como uma perdida ao ver que metíamos medo ao robusto marido da minha amiga.

Três companheiros de Júlio frequentavam igualmente a nossa morada nessa ocasião. O primeiro era jornalista, ou antes um repórter mundano, que não sabia pronunciar duas frases sem falar no seu jornal. Nós lhe servíamos amabilidades e, em troca, ele nos entoava louvores nas colunas do seu periódico.

O segundo pertencia ao Exército e ostentava a nossos olhos um peito robusto, que a estreiteza da farda tornava elegante e sugestivo. O tenente Leonel já merecera da parte de Laura vários olhares de apreço, mas, por cálculo ou por ignorância, ele não respondera a essas chamas que lhe enviavam por meio de palavras, de contemplações extasiadas e de aconchegos em sofás ou cadeiras. Esses dois não tomaram parte na minha vida. Simples sombras a agitarem-se no palco da minha *snob* existência. E, entre o tenente e o repórter, o segundo me era mais útil que o primeiro.

O terceiro era musicista e, no piano, com os grandes olhos alargados no espaço, ele me transportava a um mundo de fantasia e de sentimentalismo ardente. Eu o adorava nesses momentos, esquecida da minha posição de mulher casada e da presença de Júlio, aborrecido daquelas melodias que não lhe permitiam nenhum passo de tango ou de *fox-trot*.

Magdalena também admirava Nelson de Faria, e, muitas vezes, os nossos olhos se encontraram procurando a cabeleira alourada do artista, que, quando tocava piano, olvidava tudo o mais sobre a terra. Até hoje, eu não afirmo que ele não tivesse notado a minha emoção, quando lento, num sonho ou numa cisma, ele começava a passear os seus dedos pelas teclas do piano. Uma tarde, eu me recordo agora que entrei a retirar do fundo do meu ser essas recordações que lá jaziam como em escavações de um subterrâneo, nós ficamos sozinhos na saleta de música. Júlio não chegara ainda e meu pai, como sempre, encerrara-se no seu gabinete. Nenhuma das minhas amigas aparecera aquele dia. Nelson no piano tocava, enquanto eu, numa cadeira de balanço, mirava o crepúsculo que invadia o céu e enchia a sala de sombras.

O morno inverno carioca enchia de frescura a cidade e, embalados pela brisa da noite próxima, os jasmins soltavam-se das suas hastes e recendiam como se pusessem todo o seu ardor nesse trescalar.

Nelson tocava sempre uma valsa melancólica que me dava a impressão de acompanhar em surdina o fim daquele dia docemente luminoso. E ele não fitava agora o espaço como sempre o fazia, mas olhava-me a mim com um lânguido ardor, com um tal desejo na face extática que, ao encontrar o seu olhar, senti um calafrio percorrer-me a espinha. E assim, olhos nos olhos, lábios entreabertos, ele tocando, eu ouvindo, nós ficamos largo tempo em comunhão d'alma e de sentidos. Júlio, entrando e acendendo a luz, interrompeu esse novo modo de sentir e de pecar.

6

Júlio era terceiro-oficial do Ministério do Exterior e, quando eu lhe estranhava o desmedido cuidado e esmero com que se vestia e alisava os cabelos, ele me apontava sempre ser isso necessário para uma promoção rápida e indiscutível nesse ministério. Mirava-se, antes de sair, ao espelho uma dúzia de vezes e variava continuamente de gravatas, numa incerteza de decisão que lhe tornava grave o olhar e preocupada a face. Ao último beijo que trocávamos, por hábito, na porta do jardim e que me era servido com a polpa dos seus lábios, tão de leve que causava uma espécie de cócegas aos meus, ele retirava logo em seguida um espelhinho do bolso e novamente nele se contemplava receoso. Eu esboçava um sorriso de sarcasmo que abafava, lembrando-me que toda essa preocupação de elegância fazia parte do emprego do meu marido.

Entretanto, os meus acessos de melancolia sucediam nesse período tão de perto que principiavam a aterrar a minha velha Gertrudes, que insistira em ser a minha criada de quarto. Casada havia um ano somente, cercada de adulações, de facilidades de vida, porque meu pai não admitia que nós entrássemos com nenhuma quantia para as despesas da casa, eu experimentava, entretanto, um vácuo enorme na minha existência. O meu organismo, habituado a ser vergastado diariamente por sensações que perdiam, à medida que iam servindo, o sabor da novidade, exigia requintes que eu nem sempre lhe podia dar, para revigorá-lo. Sentia então na boca o gosto da vida e esse gosto me repugnava. As músicas de Nelson entraram a enfastiar-me e aconteceu-me, várias vezes, estar a seu lado e alhear-me completamente dele e das suas harmonias. Recusava também dançar e minhas tias, com uma chama perversa nos olhinhos enrugados, imaginaram logo e deram a entender que suspeitavam que eu tivesse perdido a minha agilidade e a minha esbelteza, que só me voltariam ao cabo de alguns meses.

Júlio agora saía muito, frequentando sem mim bailes familiares ou *clubs* de danças, em que tangava com *cocottes* e artistas. Não senti ciúme quando me informaram desse fato. O meu pouco *entrain*[6] mundano, a minha lassidão, afastaram de casa as minhas amigas, que entraram a declarar-me fastidiosa. Só Margarida, já com o filhinho no colo da ama, vinha visitar-me e, encontrando-me rodeada de lírios, meu capricho apaixonado do momento, censurava a minha imprudência, acusando o perfume ativo dessas flores de ser causa da minha palidez e da minha inércia.

Havia horas em que, deitada sobre os coxins do meu leito, fitando o céu e seguindo com os olhos o ligeiro correr de uma nuvem que tomava formas estranhas, não desejava coisa alguma. A minha alma, aplacada ou exausta, aprazia-se naquele torpor que a repousava ou a anemiava. Em outros momentos, a minha paz não era tão completa; ansiava por ideais que não descortinava bem e maldizia a existência tal qual ela se mostrava para mim. Quando, voltando do emprego, meu marido me encontrava assim envolta na onda dos meus cabelos então castanhos, amarfanhada, pálida e mal-humorada, ele negava-me o beijo da entrada, contentando-se em apertar-me a mão como a um camarada. Nunca lhe li simpatia nem carinho no olhar amarelo, mas antes uma repugnância mesclada de receio. Nós tínhamos

---

6 Em francês, entusiasmo, vivacidade.

separado os quartos e ele no dele, eu no meu, esperávamos, cada um de seu lado, que o jantar nos reunisse. E, uma vez essa refeição engolida entre mim, silenciosa, e meu pai, que procurava animar a conversa que caía a todo instante, Júlio desaparecia para só voltar de madrugada. Quantas vezes não acompanhei o olhar surpreso do meu pai, que seguia a figura do meu marido, escoando-se entre as grades do portão, sem mesmo se despedir de mim!

Uma noite de princípio de verão, Júlio, com um ligeiro reumatismo na perna, não ousou sair e foi sentar-se a meu lado no caramanchão florido, onde tantas vezes, durante meu noivado, eu pensara nele com febre e com um mau desejo. No céu muito escuro, um exército de estrelas faiscava e, das flores, vinha uma respiração perfumada, que acalentava sem vertigem. Eu vestira nesse dia um claro vestido cor-de-rosa, que me fazia mais menina, e penteara os meus cabelos em bandós que enquadravam meigamente o meu rosto melancólico e diminuído. Ali, porém, naquele caramanchão sombrio, eu não era senão uma forma clara que palpitava... Júlio reteve mal um gemido ao sentar-se no banco de pau, mas logo me perguntou com aquele tom de voz indiferente que eu conhecia tão perfeitamente, por tê-lo ouvido inúmeras vezes:

— Que tem você, Lúcia? Novas mazelas?

Seca e breve, respondi-lhe:

— Não tenho nada.

Ele insistiu:

— Por que então cerrou você a casa às visitas? Aqui não vem mais ninguém. Os meus amigos encontram sempre o portão fechado e são obrigados a voltar.

Eu ri com maldade:

— Ah! os seus amigos... Logo vi.

Ele inclinou-se para mim, exclamando:

— Não compreendo.

Havia na sua voz, em geral sem colorido especial, uma nota predominante de enfado e de rancor. Eu me sentia má, irritada, com um intenso desejo de me vingar daquele homem, que, àquela hora, eu o compreendia, maculara o meu ideal de mulher, desequilibrando ainda mais o meu espírito doente, velando aos meus olhos toda aspiração a uma vida elevada e útil. Ele nunca fora o guia de que eu precisava, o amigo que a minha solidão pedia, mas o meu inábil e inconsciente comparsa na comédia *smart* e fútil que representávamos e que era a corrida à exibição e às palmas de meia dúzia de doentes iguais a nós.

Júlio não possuía na sua alma fútil e trepidante como uma das figuras das danças em que se mostrava exímio uma só noção da responsabilidade que assumira, tomando uma esposa e prometendo-lhe proteção e amor, em troca da sua virgindade e da sua juventude. E à escuridão daquela noite constelada de astros, a visão nítida do meu isolamento, do meu eterno desamparo, da miserabilidade do companheiro que escolhera para trilhar com ele a tremenda estrada da existência, que nem sempre rosas margeiam, me acudiu ao cérebro com a agudez de um prego pontudo e esbraseado. A minha alma embebida no líquido cinzento da melancolia enxergava tudo através do prisma do infortúnio, sem cura e sem remédio.

Foi debaixo dessa impressão que, toda caída sobre as costas do meu duro banco e com a cabeça entre as folhagens dos jasmineiros rescendentes, eu lhe falei, escutando-me e analisando o som da minha voz como se fosse o de uma outra pessoa que falasse.

— Ah! Você não compreende, então, quanto já me enfaram a insignificância dos seus amigos e a sua constante agitação de dançarino de salões?

E um riso sarcástico saltou dos meus lábios secos e ecoou no silêncio do jardim.

Senti que ele me fitava surpreso e que se voltava para mim num movimento rápido de todo o seu corpo.

— Que história é esta que você me conta agora? — disse-me ele depois no tom indiferente com que se fala às crianças malcriadas.

Aquela voz imperturbável, aquele pouco-caso impertinente por uma sensação minha, quebrou os meus nervos e prostrou-me por um momento. Júlio aproveitou para retirar tranquilamente um cigarro do bolso e o acender. Da chácara próxima, vinha o ruído compassado do coaxar de rãs e ao longe um cão latia teimosamente. Mordi com força a folha verde que arrancara do jasmineiro e uma onda de sangue, como em reação, subiu-me à cabeça. Com palavras ásperas que chicoteavam, eu concluí:

— Você julga que eu encontro felicidade nesse nosso modo de viver? Mas, meu caro, isso nunca foi casamento em parte alguma do mundo. Você não me mostra a menor ternura, nem o menor interesse. Só o vejo gentil e *empressé*[7] comigo quando ensaiamos um passo novo de tango, para depois nos exibirmos diante de gente. Quando não, você segue a sua vida e eu a minha.

Meu marido fumara sempre enquanto eu falara. Depois de um segundo de pausa, ele respondeu-me com a mesma voz sem nuança que me irritava naquela ocasião até quase ao ataque histérico.

— Todos os casamentos modernos, Lúcia, parecem-se com o nosso. Não vejo por que você se queixa: deixo-lhe ampla liberdade de agir, de passear, de realizar todos os seus caprichos. Natural é, porém, que eu também defenda a minha.

---

7 Em francês, zeloso, atencioso.

Numa gargalhada nervosa e torcendo as mãos, subitamente esfriadas, eu lhe repliquei:

— Ah! por Deus, não diga asneiras! Felizmente para as mulheres, nem todos os casamentos se assemelham ao nosso. Veja Margarida como é venturosa e como Carlos a adora!

Júlio mexeu-se um pouco no banco, atirou fora o cigarro ainda aceso e, sereno sem um sobressalto, disse:

— Margarida é uma burguesinha insignificante e o marido um ser material, um operário encasacado. Aliás, não afirmo que eles sejam tão felizes quanto você os julga. Tenho encontrado muitas vezes Carlos com uma fisionomia bem esquisita em paragens bem escusas.

Mentia descaradamente o dançarino impecável. Eu me pusera em pé, numa ânsia de fugir daquele homem que, decididamente, não me entendia. Tinha ímpetos de sová-lo com as minhas mãos, que se abriam e se fechavam convulsivamente.

— Olhe, meu caro — gritei eu quase erguendo-me e apoiando-me ao gradeado do caramanchão —; você não compreenderá nunca a ventura daquele casal. Eles se amam, ouviu? e você não ama ninguém senão a si próprio ou talvez... a dança.

No escuro, ele sentado, eu em pé, nós parecíamos duas sombras movimentando-se entre folhagens que espreitavam sem se agitarem.

Fiz um gesto como para abandonar o local que agora me parecia pequeno para conter a minha irritação. Com a sua mão morna e macia, Júlio deteve-me pelo braço.

— Você, Lúcia, está muito nervosa. Isso é moléstia. Consulte um médico. Antes, porém, diga-me uma coisa: está com ciúmes de mim?

A esta pergunta imbecil, eu não pude conter uma risada má, que estralou longamente como uma série de notas de uma escala manejada ao piano por dedos infantis. A minha insolência foi tão profunda que, involuntariamente, recuei temendo uma resposta ofensiva do meu marido.

Ele, entretanto, sempre envolvido nas trevas que nos cercavam, soltou um gemido provocado pelo reumatismo que lhe atacava a perna aquele dia e, depois, novamente inalterável, murmurou num tom de alívio, que eu não soube atribuir se à melhora da dor, se à certeza de que não era o ciúme que me fazia falar-lhe assim.

— Ah! eu pensei!

Não me pude mais conter e, como uma louca, eu me joguei fora do caramanchão, pisando aos pés o tapete de pétalas de jasmins que lhe juncavam a entrada. Corria como uma perseguida, sacudindo os galhos das roseiras, armados de espinhos que me puxavam pelo vestido e tropeçando nos pequenos arbustos semeados pelo caminho. Quase quebrei a cabeça contra o grosso tronco de uma mangueira e de uma laranjeira em flor, na qual eu me esbarrei, choveram sobre mim milhares de flores perfumadas e frias. Subi a escada como uma embriagada e encerrei-me no meu quarto. Atirei-me sobre o meu leito e, logo em seguida, arrancando-me dele, numa agitação febril, acendi a luz elétrica e, pela segunda vez, com os dedos que tremiam, injetei-me de morfina, abençoando Magdalena, que me fizera presente de um vidrinho dessa droga para que eu me servisse dela nas horas más da existência.

Na manhã seguinte, vertiginosa e com forte dor de cabeça, não compareci ao almoço. Júlio saiu sem inquirir de mim e meu pai, habituado ao meu mal-estar contínuo, limitou-se a dizer ao sentar-se à mesa que eu necessitava consultar um médico. Passei todo aquele dia num torpor delicioso, em que sonhos como imagens fulgurantes se sucediam sem intermitência no meu cérebro enevoado. À noite, ergui-me do leito e, mirando-me no espelho que defrontava a minha cama, eu me encontrei linda, de violentas e cavadas olheiras roxas debaixo dos meus olhos que piscavam e lacrimejavam à luz. Não desejava nada, não esperava coisa alguma da vida... A minha alma não fugira de todo do meu corpo, mas adormecera tão profundamente que teimava em não despertar.

Estendida na minha *chaise-longue*, entre coxins numerosos que me amparavam, eu deixava a minha pobre cabeça vazia de ideias, mas que os meus longos cabelos em desordem cobriam, balançar-se sobre o seu espaldar como a de uma boneca de molas quebradas. Da janela aberta, entrava uma aragem que me refrescava o rosto e brincava com as minhas tristes madeixas. O completo silêncio da casa ajudava aquele letargo que eu não procurava vencer, mas que a minha mocidade tentava instintivamente repelir como um inimigo. À volta do Ministério, Júlio penetrou no meu quarto. Eu abrira os olhos ao sentir o ruído dos seus passos, mas, ao avistar a sua fisionomia inexpressiva e o seu olhar sem simpatia, cerrara-os de novo. Não sei se, ainda dessa vez, ele me compreendeu, mas notei que partia sem nada me perguntar. Meu pai, também, à noite, visitou-me e, a ele, eu sorri languidamente, prometendo-lhe que no dia seguinte estaria curada. Foi nessa noite que pela primeira vez eu observei quanto meu pai envelhecera nesses últimos tempos. Debaixo da luz coada da minha lâmpada elétrica, os seus cabelos apareceram-me completamente brancos e as rugas das faces fundas, como cortadas a canivete. Os seus olhos, os seus pequenos olhos de bom e de sensível, alargaram-se para me fitar, irradiando uma chama que me chegou até o coração, apressando-lhe o ritmo.

Meu pobre pai! como eu o amei aquela noite e como o meu espírito se entrelaçou com o dele! Num olhar, nós nos dissemos tudo, eu, a minha tristeza, por sentir-me com a vida unida a um ser que me era inferior e hoje indiferente, e ele, a sua tortura por não ter sabido desviar-me de um casamento desventurado, e isso pela sua invencível fraqueza e completa inexperiência da vida. Naturalmente, a existência recomeçou para nós. Trocávamos palavras banais, olhares usuais, mas em torno de cada um de nós uma muralha, como uma fortaleza, se erguera e o defendia dos outros. O mais feliz era Júlio, que, sempre fora de casa, representava na sociedade o seu papel de comparsa reservado, mas de dançarino infalível e admirado.

Foi nessa ocasião que conheci o padre Jerônimo dos Reis, prelado pernambucano, filho de um velho amigo do meu pai, que o incitara a procurar o antigo camarada dos tempos de juventude. Meu pai contara-me a razão por que esse elegante rapaz de 30 anos, robusto e inteligente, entrara para a carreira religiosa. Uma paixão por uma rapariga que morrera tuberculosa e que nas ânsias da agonia lhe suplicara não amasse a mais ninguém sobre a terra e somente a ela no céu, onde o esperaria. Eu lera a carta em que o amigo do meu pai lhe anunciara a próxima vinda do filho para a capital e lhe pedia auxiliasse e o estimasse como a um próprio filho. A minha imaginação ociosa começou logo a trabalhar e, nas minhas noites de insônia ou durante os meus ataques diurnos de hipocondria, eu evocava esse homem moço que envergara por amor as vestes do sacrifício e da solidão. A figura da sua moribunda amante, cujo egoísmo me irritava sem que eu o soubesse bem por que, surgia igualmente nessas horas desequilibradas da minha vida, que continha diversas vidas ou desmaios destas. E, involuntariamente, a minha alma entabulava um duelo com essa outra alma, já no outro lado do mundo, para a conquista desse homem que eu não conhecia ainda, mas que já me interessava prodigiosamente por se ter sacrificado ao amor de uma mulher. E eu, que nunca fora amada, invejava essa morta que o fora tão absolutamente.

Eu o vejo ainda entrar na nossa sala de jantar, ao lado do meu pai, e me ser apresentado por este.

Informada de sua visita, eu me vestira toda de claro e penteara os meus cabelos com mais esmero que de costume. Não pusera *rouge* nesse dia, e, pálida, com os meus lábios na sua cor natural, eu parecia mais moça, embora menos brilhante. Ele me fitou com os seus largos olhos negros, sorriu docemente e todo o seu rosto mudou de expressão. Essa boca masculina conservara, apesar das preces e abdicação que jurara, todo o ardor da mocidade que ele desdenhara e calcara aos pés por paixão a uma criatura. O ilogismo desse padre seduzia-me.

Experimentei uma quentura no íntimo e procurei conversar com espírito, com juízo, encantando-o, eu o via bem, e agradando também a meu pai que se surpreendia ao ver-me como outrora.

Júlio comia em silêncio respondendo por monossílabos às perguntas que o padre Jerônimo lhe fazia. E o jantar foi delicioso.

Conversamos sobre tudo e já a exaltação religiosa mesclada à exaltação dos meus sentidos principiava a empolgar-me quando o padre Jerônimo me perguntou:

— É crente, dona Lúcia?

Abaixei a cabeça, mas erguendo-a logo, respondi-lhe com verdade:

— Fui muito, senhor, muito, mas hoje minha alma se debate, não digo na dúvida, mas na inércia.

Ele sorriu, e nos seus olhos, passou uma luz suave como um raio de lua.

— Olhe, minha senhora, fique certa de que Deus é uma força, a única força que nos consola nas horas duras e tremendas da existência. A senhora não deixe cair por terra esse fio que a uniu outros tempos a Ele. Reaja, medite, implore-o e, eu estou certo, essa comunicação se reatará entre a divindade e a senhora. A menina é tão moça para não crer em Deus!

Eu erguera para o moço sacerdote um olhar de enlevo, uma face de súplica. Instintivamente, juntara as mãos... Ele desviou o rosto e quedou pensativo a mirar o jardim que se avistava das amplas janelas abertas.

Naturalmente, pensava na amada que cria nesse Deus, e que, nas portas do céu, para onde tinha certeza de ir, lhe marcara um derradeiro *rendez-vous*.

Odiei a essa morta naquela hora.

Quando, nos erguendo da mesa, nós tomamos a direção da sala de visitas a fim de lá saborearmos o café com licores, não me pude furtar ao momento de procurar o braço do padre, a fim de nele me apoiar, como se faz em recepções mundanas. Ele, porém, natural e simples, contentou-se em caminhar ao meu lado elogiando com calor as lindas rosas que tinham ornado a nossa refeição.

— Eu prefiro as rosas a todas as outras flores — disse-me ele com aquela voz lenta e grave, que já me fazia palpitar de uma emoção estranha e nunca ressentida. — Vejo nessas flores, talvez erradamente, um emblema de doçura religiosa e o seu aroma suave exalta-me, quando são expostas no altar em que eu oro a Deus...

Imediatamente, eu amei as rosas... Fazia nessa noite um luar prateado, um luar de sonho, de enleio, de cenário teatral.

Eu levei-o para a janela, debaixo da qual cresciam

os jasmins que me perturbavam com o seu perfume. Não havia nenhum desabrochado naquela ocasião e eu aspirei somente num hausto forte, o cheiro de todas as outras flores, cheiro mesclado, confundido, entrelaçado... O padre Jerônimo mirava o céu que empalidecia com reflexos argênteos junto à lua que, como uma bola luminosa, parecia rolar entre os véus de gaze. Ele ficara silencioso, e eu, junto dele, imobilizara-me numa cisma em que gozava a um tempo a serenidade daquela noite enluarada e a presença de um homem que me acordava da catalepsia d'alma em que vivia. Meu pai, sob a lâmpada, fumava tranquilamente, percorrendo com os olhos as ilustrações de uma revista. De repente, ouvi um tropel de passos e avistei Júlio, que atravessava a chácara em direção ao portão de saída. Sorri e estou certa de que Lúcifer sorriu assim, quando imaginou a sua vingança contra o Poder Celeste. O jovem sacerdote continuava a contemplar o firmamento e a pensar talvez na querida que ele julgava ver naqueles raios de lua.

Encostei, como o fizera com Júlio, o meu braço, alvo e descoberto, à manga negra da sua sotaina.

Ele recuou, fitou-me um minuto, mas, diante do meu rosto infantil e que tomara uma doce expressão de humildade, sob a qual ele não soube descobrir o lado amoroso, Jerônimo sorriu e elogiou a noite.

Eu tinha ímpetos de o morder...

7

Foram uns belos dias esses que se seguiram à primeira visita do padre Jerônimo. A convite do meu pai, que lhe contara a minha melancolia, o afastamento do meu marido, a nossa solidão, ele continuou a procurar-nos. Duas vezes por semana, às quintas e aos domingos, ele aparecia na nossa casa com os seus olhos graves e a sua boca vermelha que lhe desmentia o olhar. Nós conversávamos longamente, sempre na presença paterna, de religião, de domínio interior, de meditação diária. Eu voltara ao meu misticismo do colégio e a Virgem do meu quarto ostentava continuamente diante da sua imagem um formoso *bouquet* de rosas. Às vezes, eu falava baixo, como se me confessasse, narrando-lhe os meus defeitos principais, que eram a vaidade e a necessidade de amar muito e sempre. Recordo-me bem desse dia e do meu tom ardente hoje, quando, com mais experiência da vida, eu julgo o amor uma entidade semelhante ao mercúrio, que foge à nossa procura, aos nossos gestos de apreensão.

Ao ouvir-me, o moço de vestes negras corou um pouco e pôs um dedo sobre os lábios cheios de vida, para murmurar-me:

— *Chut!* Dona Lúcia, nós não estamos num confessionário!

Efetivamente, nós nos achávamos no terraço que margeava um lado da casa, em plena luz, envolvidos nos aromas quentes das laranjeiras em flor.

Dezembro coalhava o céu de nuvens rubras, que se assemelhavam a cortinas de sangue, a fecharem-se sobre o régio deitar de um sol que brilhara durante todo um dia!

O padre Jerônimo fitava o horizonte e depois os seus olhos cheios de luz caíam sobre mim e me queimavam.

Eu me fazia pequenina, mesquinha até, toda debruçada sobre mim mesma, a fim de que ele não se apercebesse da fremência intensa que me agitava. A sua calma irritava-me e me induzia a constantes movimentos de mãos e de pernas, que interrompiam as minhas palavras.

Eu lhe disse com tristeza na voz:

— Vê como meu marido me abandona? Saiu antes do almoço, e até agora não voltou. Ah! meu amigo, um casamento infeliz é pior que a morte!

Ele fixou sobre mim o seu olhar sério, mas em que eu lia uma imensa piedade.

— Minha filha — respondeu-me ele, continuando a olhar-me com afeição —, entregue o seu sofrimento a Deus. Creia-me, dona Lúcia, não há dor que não aproveite à criatura. As angústias que nós suportamos com resignação na terra são como degraus da escada que nos conduz a esse além que nos espera depois da morte.

A sua voz transportara-me a esse além de que falava e olvidei um segundo o sentimento todo terrestre que ele me inspirava. Não me sustentei, porém, nesse estado d'alma... Tive necessidade de uma confidência sua, e indaguei-lhe de mãos postas:

— Meu amigo, terá o senhor sofrido tão pouco que tão admiravelmente possa elogiar a dor do mundo? Acha que antes das agonias da morte nós precisemos das agonias da vida?

Ele encarou-me de novo; deixou cair um instante as pálpebras sobre os seus olhos, que se mostraram logo em seguida como empanados de leve e num tom que eu não lhe conhecia, concentrado e amargurado, me disse:

— Eu não tenho sofrido nem mais nem menos do que os outros, minha senhora. Agora, porém, sou padre e encontrei o remédio soberano contra a desventura, no serviço desse Deus que me consolou numa hora bem terrível da minha existência.

Eu devorava-o com os olhos, insuflava-lhe a minha ânsia curiosa, o meu agudo interesse de o ouvir falar em amor profano. Ele, porém, emudeceu de súbito; ergueu-se abruptamente da cadeira, como num desejo de fuga, sacudiu a cabeça, na esperança de afugentar as ideias que a ocupavam e, dirigindo-se a meu pai, que ficara na sala, fez-lhe uma pergunta insignificante, indo sentar-se a seu lado.

Eu permaneci só no terraço, mirando com ódio aquela natureza que, indiferente, continuava a viver, enquanto que a mim me negavam o direito da vida, que será sempre, a meu ver, amar, mesmo sem ilusões e com sofrimento. O crepúsculo violeta descia lentamente sobre a terra e as árvores imobilizavam-se para o repouso noturno. Os passarinhos chamavam-se uns aos outros por pequenos pios, que ecoavam plangentemente no silêncio daquela hora. Apresentei o punho fechado à beleza serena daquela tarde que contrastava com a palpitação angustiosa de todo o meu ser e, depois, pobre mulher enamorada e vencida, ocultei o rosto entre as minhas mãos frias e caí num pranto nervoso.

8

O anjo morrera esta tarde em mim, deixando o lugar vazio para que o demônio, que existe no íntimo de todas as mulheres, se implantasse como soberano dominador das minhas ações e do meu pensar. Rasguei as vestes brancas com que me fantasiara, restituí a meus olhos a sua chama de outrora e aos meus lábios o sorriso tentador e satânico que eu expulsara deles.

Fui novamente a antiga Lúcia, a rapariga moderna, sem escrúpulos exagerados, sem limites nos devaneios... Esqueci que era casada e entrei a desejar com delírio que a vida me envolvesse nas suas ondas tumultuosas e opacas.

Sentia agora necessidade de uma confidente e, desdenhando a judiciosa Margarida, que certamente me repreenderia por deixar campo livre a um sentimento criminoso, escrevi a Laura, chamando-a com urgência. Ela, curiosa, procurou-me na mesma manhã em que a minha missiva lhe fora enviada e, de olhos alargados e boca úmida, entrou logo no inquérito. Entretanto, em sua presença, uma timidez nova se apoderou de mim e eu tentei iludi-la, interrogando-a sobre os seus amores. No princípio, ela se deixou enganar e narrou-me a sua paixão voraz por um formoso italiano que a fascinara com os seus imensos olhos negros, o seu todo esbelto, o seu falar cantado.

— Ah! Lúcia! — exclamava ela, revirando os olhos no prazer que experimentava em evocar o amante ainda recente. — Tu não calculas como a língua italiana acompanha bem as frases de paixão! É como se se misturasse dois vinhos fortes e se os bebesse em gotas, aos goles, em sorvos! Sentimos como se engorgitássemos uma volúpia líquida que se ajuntasse à nossa interna e nos levasse a galgar até o último planalto na torre do gozo. É o diabo! Mas tu, filha, tu, que há contigo? Conta-me! Ressuscitaste?

Eu torcia as mãos ainda indecisa, cravando os meus olhos nos dela, respirando com ânsia o odor de sensualidade que ela exalava, de si, no perfume dos seus vestidos, na loção dos seus cabelos cor de *acajou*, nas palmas das suas mãos sem luvas.

E decidi-me. Em voz surda, mas impregnada de gritos abafados, eu lhe contei o interesse em mim despertado pela pessoa do padre Jerônimo.

Descrevi a ela a sua figura alta, fina, envolvida na sotaina negra, com a elegância e o garbo de um Richelieu. Falei-lhe na contradição havida entre os seus olhos sérios e a sua boca atraente como uma flor venenosa.

Ah! Laura era bem moderna. Ela não teve um receio, senão quando eu lhe confessei que ele fugia à simpatia ardente que eu lhe oferecia. Antes, nos seus olhos pequenos e piscos, uma curiosidade malsã acendera.

— Escuta, Laura: eu não quero que você imagine que eu desejo seduzir um sacerdote. Não, minha cara, não é isto que eu desejo, mas sim uma fusão de almas, um acordo justo no nosso sentir elevado e no nosso palpitar nobre. Tu não me compreendes bem!

Laura soltou uma gargalhada que me crispou dos pés à cabeça. Também, que ideia tivera eu de chamar para minha confidente a mais materialista das minhas companheiras!

— Olha, Lúcia, tu és uma divina hipócrita, ouviste? Estou vendo que esse negócio de amor a uma sotaina complica muito a alma que o experimenta. *Sentir elevado*, *palpitar nobre*, ah! ah! ah!

E Laura deixou-se cair sobre as costas da cadeira, sem poder reprimir o riso que lhe alargava a boca.

Eu tive ímpetos de a enxotar do meu quarto, onde a recebera.

Quando ela partiu, senhora do meu segredo que, naturalmente, contaria ao italiano que a embebedava de carícias, eu a amaldiçoei! Tinha a impressão de que ela carregava na sua bolsa, onde o carmim acotovelava a caixa de pó de arroz e outros ingredientes, um pedaço em carne viva do meu pobre coração.

Dois dias depois, ao avistar o padre Jerônimo, que, tranquilamente, contemplava as flores do nosso jardim, antes de penetrar em casa, uma onda de sangue subiu-me às faces. Pela primeira vez eu as cobrira de *rouge*, sublinhando com o mesmo a orla doce dos meus lábios em arco.

Oh! o seu olhar de *reproche*[8] quando me viu assim transformada! Nunca eu o olvidarei! Hoje, que ele

---

8 Em francês, reprovação.

partiu para longe, cego à simpatia mística e imensa que eu lhe oferecia como uma purpúrea rosa sobre uma salva de ouro, eu conservo uma profunda admiração por esse homem, moço e robusto, que resistiu às tentações que uma rapariga bonita e audaciosa lhe servia.

Nesse dia, eu o senti contra mim, contra a elegância demasiada do meu trajar, a trepidante vivacidade dos meus ditos e, sobretudo, meu rosto jovem e ainda honesto!

Agora, que eu alinhavo sobre este papel róseo as minhas memórias de mulher para provar ao sugestivo dr. Maceu que eu não sou o que ele chama uma "enervada", um clarão se faz no meu espírito. Desde aquele tempo em que eu me balançava entre sensações antagônicas, passando de uma extrema languidez a um ardor excessivo, eu já era uma doente; e quem se assegurará que o nome dessa doença que eu ignorava não possuía o título de enervação, que hoje o macio dr. Pedrosa reclama para ela? Nessa época que eu evoco hoje, ferida pela vida, mas sempre palpitante por ela, a reflexão me prova que eu nunca fui uma criatura equilibrada nem sã. A minha educação, o meu casamento tinham feito de mim um ente sem domínio sobre si próprio, não sabendo nunca o que queria de verdade, folha solta ao vendaval ou à calmaria da existência.

Quem me afirma também que só cabia a Júlio a culpa do triste desenlace do nosso matrimônio? E por que o escolhera eu, quase sem o conhecer, para meu companheiro de vida? Que qualidades encontrara eu nele que explicassem essa escolha, senão a finura da sua cútis, a alvura dos seus dentes ou a elasticidade dos seus passos de dança? O olhar do meu insinuante médico, que, há uma semana, correu sobre mim, como colocando-me sobre o esbelto corpo os pequenos cartazes avisadores da minha moléstia, veio-me novamente à memória. Sim, eu agora creio ser uma "enervada", e comigo a Maria Helena, estranha nas suas amizades femininas e desdenhosa dos atrativos dos homens, a Laura na sua corrida atrás de sensações libertinas e Magdalena, numa embriaguez contínua, devida à fatal cocaína que todos os dias a inutiliza um pouco mais para a vida.

Todavia, naqueles dias, eu não pensava em doença, mas sim em travar um combate à alma do padre Jerônimo, que fugiu à minha. Desde o dia em que o recebi *maquillée* como uma artista e com uma expressão nova no olhar, ele entrou a espaçar as suas visitas. Vinha jantar somente no domingo e deixava-se ficar perto de meu pai, que, sentindo-se demais e não compreendendo esse acanhamento de que era vítima entre nós, tartamudeava palavras vagas e puxava um livro ou um jornal que fingia ler com ar alheio. Eu enviava ao jovem ministro os meus mais eloquentes olhares, as minhas mais lindas frases besuntadas de locuções religiosas.

Ele, porém, baixava a cabeça e respondia-me sem me olhar.

Um dia em que fazia tanto calor que a atmosfera parecia a de um vulcão e que grossas nuvens cinzentas percorriam o céu, impulsionadas por um vento quente como deve ser um hálito infernal, meu pobre pai, que sofrera todo o dia de uma formidável enxaqueca, dormiu involuntariamente, aconchegando a sua cabeça toda alva às costas da sua poltrona. Um momento, os meus olhos passearam por todo aquele pobre rosto, fanado, riscado de rugas que se cruzavam em diversos sentidos e pararam na boca que desarmoniosamente se entreabria, deixando passar por entre os lábios um sopro opresso e curto. Denotava tanta miséria vital essa triste máscara de homem que eu estremeci e desviei o olhar como se faz diante de uma imagem dolorosa e que nos recorda sofrimentos passados ou futuros. Encontrei o olhar severo do padre Jerônimo, que esse domingo, conforme o fazia sempre, viera jantar conosco. Curvei a testa e, sincera e lamentável, deixei que uma lágrima corresse pela minha face, com risco de estragar-lhe o colorido artificial. Um ronco forte de trovão estralou lá fora e uma rajada áspera de vento ardente sacudiu as janelas. Eu estremecera e estendera as mãos ao sacerdote, como para pedir-lhe socorro. Ele, suave e tranquilo, deixou cair as minhas destras súplices e trêmulas... meu pai dormia sempre. Novamente, abaixei o rosto que uma onda de sangue cobria, e quando o ergui, de olhos baixos e lábios cerrados, padre Jerônimo lia o breviário.

Humilhada, vencida, eu chorei silenciosamente sem que ele fizesse um único movimento para consolar-me.

Lá fora a chuva tombava sobre o jardim trescalante, com a mesma violência que o meu pranto sobre as minhas faces desdenhadas.

9

Completei assim dois anos de casada, notando com espanto, nessa data, que Júlio mudava de proceder para comigo. Quase atencioso e meigo, ele já não saía constantemente depois do jantar, deixando-se e convidando-me a dançar ao som de músicas entoadas pela vitrola aperfeiçoada que possuíamos e prodigalizando-me enfim cuidados a que eu nunca estivera habituada da sua parte.

Um dia mesmo, ele me acompanhou à casa da Margarida, aonde eu fora, levada por uma necessidade grande de carinho e de pureza.

Encontramos o gentil casal na saleta da entrada, a brincar com o garotinho, que lhes fazia gracinhas, o que o encantava até a risada. Margarida, dos seus belos olhos pestanudos, lançou-me uma mirada afetuosa em que eu li também um elogio por me ver acompanhada do meu marido, o que era raro. A minha amiga pareceu-me mais gorda e, observando-a com atenção, percebi que um segundo fruto evoluía naquele ventre fecundo. Carlos, no seu terno branco, mostrava-se, como sempre, tímido em minha presença, falando pouco e olhando-me muito. Margarida dissera-me muitas vezes que a minha elegância ultramoderna, as minhas atitudes ousadas, espantavam o marido e o confundiam.

Já naquele tempo eu gostava de *épater*[9] o burguês que não me rendia as homenagens devidas. E se Margarida não fosse a mais pacata das minhas amigas ou, antes, a única santa entre elas, como eu me distrairia em perturbar a calma do sossegado industrial, que eu desdenhava um pouco por ser assim tão calmo e virtuoso!

Ah! formoso dr. Maceu, esculápio perfumado do afrodisíaco aroma à *l'heure bleue*[10], como o senhor riria se lesse agora por cima das minhas espáduas,

---

9 Em francês, impressionar.
10 Em francês, expressão que identifica o período entre o dia e a noite, quando o céu fica num tom azul mais escuro, e deu origem a um conhecido perfume.

que dois lindos sinais negros marcam como mimosa dragonas de beleza, estas linhas que eu traço com a mesma pena com que escrevo a Roberto!

Como os seus lábios forrados de rosa se abririam suavemente para me gritarem: "enervada", sempre "enervada"! E como as suas mãos finas e mornas, como mãos de mulher, recomeçariam aquele gesto de carinho que ousaram sobre o meu braço descoberto numa ampliação ilimitada das suas palavras!

Quando nós partimos, Júlio e eu fomos seguidos pelos olhos diversamente expressivos dos dois venturosos cônjuges. Margarida sorria enlevada para o nosso grupo, que lhe parecera tão gentil nessa tarde, e Carlos, de sobrecenhos cerrados, cravava em nós um olhar agudo, semelhante ao que lhe merecia a estreia de uma máquina estranha e ignorada até então. Júlio pegara-me do braço e eu me deixara enlaçar, sem que o meu pensamento descesse a ele. A noite envolvia-nos nas suas trevas e nós, desunidos de alma, embora unidos pelos braços, caminhávamos lentamente ao encontro do bonde que tardava.

Dois dias depois, tive a palavra do enigma que fora para mim a reviravolta do procedimento do meu marido.

Recordar-me dessa tarde é sentir novamente um turbilhão de lama invadir-me a alma, a minha pobre alma doente, sem governo e sem domínio.

Magdalena, a infeliz cocainômana, estivera comigo toda a manhã, a cochilar sobre a minha *chaise-longue*, a murmurar-me palavras entrecortadas que muitas vezes nenhum sentido encerravam. Muito pálida e com os seus lindos cabelos quase completamente brancos nas fontes, ela me contara um roubo de que fora vítima. Vira o ladrão entrar-lhe no quarto, roubar-lhe as magníficas joias e não pudera fazer um único movimento para impedir-lhe esse furto, embriagada como estava pela terrível droga.

Também não jurava que fosse um homem ou mulher o autor desse crime. Parecera-lhe reconhecer no ladrão o seu *chauffeur* Frederico, mas ao mesmo tempo não jurava que não fosse a sua criada Marieta quem ela vira forçar a gaveta e, nessa dúvida, não quisera queixar-se à polícia. Sentia-se tão fatigada, tão amolecida para uma agitação qualquer. E, enquanto essa desgraçada me falava, eu a vi perfeitamente aspirar, de quando em quando, um pouco de cocaína que amarrara dissimuladamente na ponta de seu lenço rendado. Quando ela saiu cambaleando e trôpega, eu tive de a levar pelo braço até o portão do jardim e de a entregar ao Frederico *chauffeur*, que, com atenções verdadeiramente femininas, a ajudou a entrar no automóvel, aconchegando em torno do seu corpo de músculos sem ação, um sem-número de coisas e arranjando-lhe com carinho as pregas do vestido. Já meio adormecida, ela respondeu ao meu adeus com uma destra molemente erguida, que tombou logo como uma destra morta.

Suave e lento, Frederico virou o automóvel e tomou a direção da casa, onde a sua infeliz patroa chegaria numa embriaguez tão absoluta que o forçaria a levá-la ao colo, como uma criança, até o leito de onde só ela se ergueria no dia seguinte, ignorando quem a trouxera até ali.

Compreendi por que Magdalena não se queixara à polícia do roubo do seu empregado, conivente com a sua criada de quarto, ambos senhores do seu segredo e das suas misérias.

Foi nessa mesma tarde que Júlio me procurou no meu quarto, logo à sua chegada do Ministério. Beijou-me a mão, indagou da minha saúde, elogiou as rosas que enfeitavam a Nossa Senhora e sentando-se a meu lado, bem junto à *chaise-longue* onde eu me afundava, ele me disse:

— Estás linda hoje, sabes? E como te vai bem o branco, Lúcia!

Eu olhei-o espantada e muda. Segundo a moda brasileira, nós nos dizíamos tu e você confusamente, sem gramática, mas num hábito. Essa preocupação de me tutelar, essa amabilidade, esses elogios, alargaram-me o olhar e crisparam-me a boca.

Que desejava de mim meu marido para assim tão carinhosamente me tratar? Não tardei em sabê-lo.

— Lúcia — continuou ele, tomando-me a mão e a brincar com meus anéis —, tu és muito inteligente, mas não tens notado como eu ando aborrecido esses últimos dias! Também tu não me amas mais!

Eu sorrira e pensara que ele empregara mal o advérbio "mais". Eu não só não o amava agora, como não o amara nunca. O pobre Júlio equivocou-se sobre a expressão do meu sorriso e, na sua fatuidade de homem, imaginou que eu o amava mais do que nunca e que a minha frieza, o meu retraimento, não passavam de um despeito amoroso. Entretanto ele me fitava ansioso e eu tive de murmurar frouxamente:

— Que ideia, meu caro! Que há, que sucedeu, para que eu mereça de você tanta psicologia?

Ele abaixou a cabeça e, um minuto, mirei bem de perto a risca clara que separava em duas a sua cabeleira castanha que cheirava a loção. Esse aroma, todavia, nada despertou em mim, que possuía entretanto uma sensibilidade tão suscetível ao efeito dos perfumes.

Como o silêncio se fizesse entre nós e eu procurasse disfarçar um bocejo, meu marido me disse:

— Não é natural que tu me interesses? Não és tu a minha mulherzinha querida?

Ao ouvi-lo falar assim, não pude reter uma risada curta, mas tão expressiva que Júlio enrubesceu e o seu olhar tornou-se duro como de costume. Soltou as minhas mãos, que procuravam agora escapar às suas, e tentou levantar-se da cadeira. Não o fez, todavia, e, com a mesma voz do princípio da conversa, continuou:

— Tu podes rir quando quiseres. O fato é que eu te estimo e te gosto muito. Mas não se trata disso agora, Lúcia, trata-se do meu futuro, que é o teu. Olha! Há uma vaga de segundo-oficial no Ministério do Exterior e eu desejo cavá-la para mim. Sei que o ministro é muito acessível a pedidos femininos e venho rogar-te que me auxilies no conseguimento desse meu anseio que é o meu direito.

Estupefata, eu me desencostara da cadeira e a minha chusma de almofadas desmoronou em torno de mim.

— Você quer que eu vá pedir ao ministro que o promova? Mas se eu não o conheço e nem lhe sei o nome!

Júlio fitava-me agora com ardor. Eu não reconhecia mais meu esposo, tão brilhante e expressiva era a chama que lhe irradiava da face, em geral, fechada e neutra.

— Tu o conheces muito bem — gritou-me ele quase com a boca colada à minha boca. — É o dr.

Pedro Monteiro, aquele amigo do teu pai, que esteve aqui no dia do nosso casamento. Tu não te lembras de que foi o primeiro a te beijar a mão quando entraste na sala sendo ele quem apanhou o teu *bouquet* que cairia no tapete se ele não o sustivesse? Recordaste?

E os olhos de Júlio fincavam-se nos meus.

Subitamente, eu me lembrei daquele banal acontecimento e a figura de um senhor entre velho e moço, de olhar audaz e lábios sensuais, surgiu na minha memória. Vi-o em pensamento osculando-me a mão enluvada de branco e fitando-me depois insistente e imperiosamente. O tal dr. Pedro Monteiro desagradara-me profundamente e, evocado agora, ele me parecia perigoso como um abismo que eu tivesse de bordejar.

— Não, Júlio, eu não irei procurar esse homem — murmurei eu, virando a cabeça para o lado e deixando-me cair sobre os coxins. — É impossível, meu caro amigo!

Ah! Dr. Maceu, lindo médico de senhoras, se o senhor soubesse a culpa que aos homens cabe a encravação atual das mulheres, o senhor procuraria curar antes estes como únicos responsáveis de todas as decadências femininas! Meu marido não se conformou com as minhas palavras de recusa e mostrou-se a mim como eu nunca imaginara que ele pudesse ser. Chorou, prostrou-se a meus pés, babou-me as mãos de beijos úmidos e afinal falou no suicídio como última ameaça.

Desdenhosa, sentindo crescer no meu íntimo uma onda de desprezo tal que temi um segundo manifestá-la por uma ação indigna de mim, eu me calei deixando afinal que Júlio passasse dos rogos aos insultos.

Quando o vi fora de si, de rosto inflamado e olhos velados, soltei um suspiro de alívio. Reconhecera no meu marido, que uma máscara mundana insistira esconder até aquele dia, a verdadeira natureza brutal, revelada agora na áspera luta a um desejo contrariado. Olhei-o algum tempo e depois, com uma náusea grossa na minha boca ainda pura, com um olhar de supremo descaso, eu lancei-lhe em cara estas palavras:

— Acalme-se, criatura, sossegue! Eu irei ao dr. Pedro Monteiro, ministro do Exterior, pedir-lhe a sua promoção.

Júlio, como um polichinelo ao qual se solta repentinamente os cordéis, permaneceu um instante com o braço no ar, braço com que me ameaçava. Em seguida, uma nuvem de falsa vergonha cobriu-lhe o rosto e, apaziguado como por encanto, inclinou-se diante de mim com a sua graça de dançarino dos salões e saiu sem nada mais acrescentar.

Sozinha no meu quarto, ao aroma das rosas que morriam com a tarde, eu chorei as minhas primeiras lágrimas de descrença e de terror. Diante de mim, envolvida num halo de santidade e de bem-aventurança, surgia a imagem suave, mas severa, do padre Jerônimo dos Reis, concedendo-me uma bênção que findava num retraimento de desgosto. O meu espírito, na alucinação, procurava vencer esse gesto que me fazia mal, e encontrava o olhar negro do homem que desmentia a aspereza da mão erguida e retirada.

Pobre de mim, possuía a mocidade e chorava como se fosse velha!

10

Para que me alongar na narração dos dias que se seguiram a essa entrevista com o meu marido?

Enquanto eu, hesitante, recuava a data do cumprimento da minha promessa, Júlio, de olhos ternos como os de um lulu-da-pomerânia, enviava-me as suas mais insistentes e implorativas miradas.

Afinal, uma manhã, antes da sua partida para o Ministério elegante, declarei-lhe que procuraria o dr. Pedro Monteiro nessa tarde. E fui. Encontrei um homem de olhos pequenos, agudos, no fundo dos quais brilhava um ponto luminoso que espantava. Da sua boca de dentes cerrados como uma muralha perfeita, saía uma voz insinuante e grave como uma súplica.

O ministro do Exterior era um verdadeiro *charmeur*, um delicioso admirador das criaturas do sexo frágil, e denotava-o pela galanteria dos seus modos, pela expressão das suas frases, por qualquer coisa, enfim, de imperceptível, mas de forte que se evolava da sua pessoa fina e bem tratada e envolvia a mulher a quem se dirigia. Reconheceu-me imediatamente como se a minha alva imagem de noiva moderna lhe tivesse ficado gravada no íntimo do coração e, estendendo-me suas mãos grandes e morenas, ele se pôs às minhas ordens. A promoção de Júlio foi logo decidida e eu, sentindo-me bem naquele gabinete capitoso de homem de Estado e homem da civilização, deixei-me ficar a ouvir-lhe as palavras de elogio e de interesse ardente pronunciadas com um tom quase que confortava. Quando parti, depois de lhe ter prometido que voltaria, experimentava uma sensação intensa de viver melhor, de espera por um acontecimento agradável, de embandeiramento em arco de todo o meu ser. Pensei um segundo no padre Jerônimo dos Reis e a sua sotaina negra, e os seus olhos severos fizeram-me horror. Diante do brilhante e poderoso Pedro Monteiro, a figura sombria e evocadora de deveres sérios e de renúncias tristes do jovem sacerdote parecia-me ridícula e sinistra.

Foi com um olhar malicioso que servi a meu marido a notícia da sua próxima promoção. Desde esse momento, entrei a mirá-lo com a mais seca das minhas maneiras. Até então, eu o julgara insignificante, inferior a mim, um infatigável polichinelo dos bailes modernos. Daquele dia em diante, condenei-o ao mais sólido dos meus desprezos e considerei-me liberta dos laços de um matrimônio que, para mim, deixara de ter um valor qualquer.

Pouco tempo depois, dirigi-me de novo ao Ministério, que contava entre os seus servidores o meu pouco escrupuloso marido, e mais uma vez o seu chefe mostrou-se para mim o mais dedicado dos servos. Efetivamente, Júlio foi promovido quinze dias após essa minha segunda visita, que eu lhe ocultei no meu desdém absoluto de lhe falar na minha vida.

Agora, era o ministro quem me visitava e muitas tardes, ao aroma dos meus jasmins que renasciam, eu lhe ouvi a voz grave e doce como uma carícia física. Hoje, eu estou certa de que ele me amou furiosamente, mas não juro que o fizesse por muito tempo. Os ministros são os homens mais apressados do mundo... E eu? Com a pena no ar, eu me interrogo avidamente, como se introduzisse no meu íntimo um termômetro, que me pudesse revelar a minha temperatura amorosa daquele tempo.

Verifico que Pedro Monteiro me interessou extraordinariamente, que eu passei longos momentos a evocá-lo com a sua cabeleira negra que um ou outro fio branco riscava com graça e que, no dia em que ele cravou a sua boca na minha, quase com raiva, eu pensei morrer... de sensação. Entretanto, eu nunca separei o amoroso do homem de poder, do ministro discutido pelos jornais, fotografado pelas revistas. Quando contemplava o retrato do meu admirador em alguma folha que o elogiava, eu me dizia baixinho: "Este homem temido, poderoso, adora-me, vive palpitante por mim. Se eu lhe surgisse agora no gabinete ministerial, onde ele discute negócios importantes, todos o veriam empalidecer de paixão".

Todavia, eu nunca disse a mim mesma essa frase que encerra o que de mais vivo e mais doce se encontra no seio da mulher enamorada: "Eu amo este homem, eu o adoro!". Nunca eu pronunciei tais palavras. Havia já em mim naquele tempo, eu o compreendo agora, uma impotência absoluta de experimentar uma paixão real. Preferia sempre que me amassem, sofrendo eu, em mim, a repercussão desse amor que me dedicavam. Afinal, eu não amava senão a mim própria. Hoje, mais velha, mais experiente, eu observo que sou para o amor o que a borboleta é para a flor.

Dr. Maceu, meu adorável psiquiatra, o senhor tem razão: eu sou e fui sempre uma "enervada". E dizer que foi necessário que o senhor me fitasse os seus olhos de topázio, me acariciasse com as suas mãos femininas e me ouvisse sussurrar no meu aposento docemente perfumado a *fougère*[11], aquelas palavras estranhas que não lhe arrancaram senão um sorriso afetuoso, para que eu ouvisse pela primeira vez o nome da minha moléstia, nome que me irritou tanto que motiva esta narração da minha existência! Enfim!

E por uma noite enluarada, uma dessas noites em que do céu perigam clarões de aço luminoso, eu experimentei uma emoção tão forte que, ao evocá-la hoje, ainda levo a mão ao seio, que estremece como se de novo a ressentisse.

Pedro Monteiro viera à minha casa aquela tarde que findava numa noite de sonho e de brisas celestes. Tudo na terra e no firmamento resplandecia e, no jardim, as flores amornadas entregavam-se aos beijos da lua.

Trescalavam ardentes perfumes e assemelhavam-se a mulheres pequeninas em mal de amor. Arrastei o meu adorador para o banco que uma frondosa mangueira protegia da resplandecente luz e nessa sombra doce, de mãos entrelaçadas, ele me murmurava palavras que me faziam palpitar e a que eu misturava o aroma capitoso que as flores me serviam.

---

11 Em francês, planta da família da samambaia que dá nome a uma família olfativa tradicional na fabricação de perfumes.

Um ruído de passos leves como sutis esvoaçamentos de asas não conseguiu acordar-nos da letargia apaixonada em que jazíamos e, de repente, eu avistei a figura negra do padre Jerônimo dos Reis que se dirigia para nós. Meu pai estivera enfermo na véspera e certamente ele lhe escrevera chamando-o, sendo aquela visita inesperada um efeito do apelo do doente. Senti, como se fosse um grande punhal, o olhar triste e magoado do jovem sacerdote pousar-se sobre mim e uma onda de sangue subiu-me ao rosto, que a frescura noturna espiava. Fraca, tremente, não pensei em retirar as minhas mãos dentre as daquele homem que não era meu marido e, novamente, os olhos do ministro de Deus tombaram sobre as nossas destras unidas. Ele curvou então a cabeça e, mais pesado, opaco como uma nuvem escura, atravessou os raios claros da lua.

Pedro Monteiro, num tom que queria tornar prazenteiro, tentou dizer-me:

— Lúcia, quem é esse morcego lúgubre que visita à noite?

Não lhe respondi e, num arremesso, retirei-lhe as minhas mãos e, com a garganta apertada e soluços abafados, só lhe pude murmurar:

— Vá embora, por Deus, vá embora! Deixe-me!

O elegante ministro do Exterior mirou-me um segundo espantado, mas exímio conhecedor das almas femininas, que ele estudara mais do que os nossos negócios internacionais, declarou-se pronto a partir.

E, seca, eu lhe disse um adeus que eu julgava definitivo e não o foi.

Quando dias depois, numa ânsia de confidência, eu contei à inconstante Laura o meu *flirt* e a tristeza nascida em mim pela visão do padre Jerônimo, excomungando-me com um olhar em que havia lágrimas, ela entrou numa grande irritação contra a minha fraqueza, que chamam de toleima.

— Filha — falou-me ela, mirando-se num espelhinho da sua bolsa —, tu és imbecil. O amor é a mais linda e natural ocupação da mulher e esta, quando ama, torna-se boa, indulgente e até devota.

— Mas eu sou casada — respondi-lhe eu timidamente.

— Tu és casada com um dançarino e não com um homem, Lúcia! Que te merece esse ente que te pôs em relevo, como um passo de tango, para que lhe arranjasses uma promoção? E por que te deixa ele em casa sozinha e desprotegida?

Laura tinha razão, mas, dentro de mim, uma voz protestava contra o meu procedimento para com Pedro Monteiro. Um erro nunca deve fazer perdoar um erro maior.

Eu escolhera Júlio levianamente para esposo e a culpa fora minha, que o tentara com os meus braços nus, a queda do meu corpo flexível durante os maxixes modernos. E, depois, gritava-me o olhar severo de Jerônimo dos Reis, eu me devia conservar pura e digna para mim mesma, pelo culto que depositara aos pés da Virgem em quem eu acreditava. Eu era orgulhosa e nenhum orgulho se poderá jamais manter sem a dignidade. Laura agora não se continha mais. Eu me tornara uma pecadora igual a ela, e, sem mais pudor, a infeliz caçadora de sensações amorosas despejava em cima de mim narrações em que uns olhos azuis se sucediam a uns olhos amarelos e estes a uns olhos negros, numa confusão terrível, num desbriamento de bacante. Umas vezes ela era mística, juntando as mãos, revirando os olhos que quase se sumiam debaixo das arcadas superciliares e outras, num riso grosso e úmido, a sua voz cantava os seus espasmos delirantes.

Sumida na minha cadeirinha baixa, eu engulhava nervosamente a saliva e o amor me parecia um sórdido e asqueroso sentimento, nojento como um prato de bacalhau podre servido à mesa de uma taverna imunda.

E a minha amiga ria-se, corava ou empalidecia à medida que evocava diante de mim as suas recordações de amor, que se sucediam como pratos de um longo menu de restaurante baixo.

11

Não conservei por muito tempo o amor de Pedro Monteiro e talvez que a culpa me caiba nesse rápido desenlace do meu primeiro romance de paixão.

Desde aquela noite de plenilúnio em que caíra sobre mim a recriminadora mirada do jovem padre, nunca mais ecoaram no meu ser os gestos e as palavras de adoração do titular do Exterior. Experimentava continuamente a sensação aniquiladora de ter como testemunha dos nossos desmandos a figura sombria e trágica do amigo do meu pai. E, entretanto, nenhuma simplicidade encampara jamais tão trágica atitude de recriminação! Ele nada dissera e, todavia, o seu olhar de servidor de Jesus revelara todo o seu horror e a sua lástima pelo espetáculo que contemplara involuntariamente.

Nunca mais eu pude encará-lo de face e, sempre que o via, corava como uma criança. Ele notou a minha perturbação e espaçou ainda mais as suas visitas.

Pedro Monteiro não passava mais da recordação enervada de uma falta minha e ainda eu me sentia criminosa e dobrava a cabeça quando percebia Jerônimo dos Reis.

Nesse tempo, meu pai adoeceu gravemente e o médico, o nosso velho amigo, dr. Assumpção Júnior, solteirão que jurava nunca ter passado uma noite fora de casa, senão no exercício da sua profissão, declarou-o em perigo de vida. Aterosclerose generalizada, diagnosticou o antigo esculápio que tanto contrasta com o delicioso médico moderno que é o dr. Pedrosa!

Meu pobre pai, num tom arrastado, pediu-me que escrevesse ao seu jovem amigo, o padre Jerônimo, e fui eu quem traçou as linhas que o chamavam.

— É sempre bom estar-se em paz com Deus, quando se sente que pode chegar de um minuto a outro o seu gesto de apelo.

Eu chorava, agarrada à sua mão, beijando-lhe os dedos onde se via ainda a aliança que o unira à minha mãe, havia já tanto tempo! O meu anel de casamento, num momento de irritação contra o matrimônio imbecil que fizera, jazia num canto ignorado da casa e me parecera notar que Júlio também se abstinha de usar o dele.

A estação invernosa, com as suas noites compridas e as manhãs brumosas, reinava sobre o Rio, quando meu pai, forçado pelo dr. Assumpção, se recolheu ao leito.

Na minha mente, fremente de excitação, imperava a visão sinistra do desaparecimento do único ente que amava deveras. E, nesse estado de espírito, eu só sabia lamentar-me, chorar, entristecendo com isso o enfermo.

O padre Jerônimo censurou-me suavemente essas minhas manifestações demasiadas de pesar e, para contentá-lo, procurei ocultar de meu pai e dele as lágrimas que constantemente, numa volúpia de sensação, eu deixava correr sobre as minhas faces de cetim novo.

Uma noite, vítima de uma lassidão tremenda, eu me fora deitar, deixando o sacerdote à cabeceira de meu infortunado pai.

Fazia um frio úmido, uma temperatura desagradável, e eu não sabia se tremia de friagem ou de nervosidade contida.

Afinal, dormi, e nesse sono sem sonhos eu me afundei como se morresse. De repente, ouvi bater à minha porta e, estremunhada, com as mãos a fecharem o meu *peignoir* de rendas, eu corri a abri-la. Dei com a pessoa do padre Jerônimo, cujo rosto muito pálido e lábios trêmulos me chamaram logo à razão.

— Venha, minha filha — disse-me ele. — Seu pai está muito mal e quer vê-la. Coragem e... — Eu não escutara mais nada e de pés nus dentro das minhas róseas sandálias, quase despida entre as pregas do meu roupão transparente, eu passara diante do mancebo e corria ao quarto de meu pai.

Uma mão, porém, me reteve quando, enlanguescida e rouquejante, eu procurava empurrar a porta, atrás da qual se realizava a mais séria e misteriosa das transformações.

Ia gritar, mas um olhar entre irritado e severo

do homem que já me retinha pelo ombro me fez parar e refletir na insensatez da minha entrada naquele estado no quarto onde meu pai morria. Como uma criança, ouvi-lhe os conselhos rápidos que ele me dava em meia-voz e, voltando docilmente ao meu quarto, envolvi-me numa capa e entrei então, lentamente, no aposento do moribundo...

Meu pai, oh! Deus meu! Só pôde mirar-me com uma expressão estranha nos seus olhos, que se abriram para mim e se cerraram para a morte. Morreu como um passarinho, depois de um leve arfar do seu pobre coração fatigado de tanto bater solitário. O padre Jerônimo e eu, ajoelhados, assistimos à partida daquela alma para esse além que ninguém conhece. Ele recitava uma oração em latim e eu, tornada imbecil pela aproximação do mistério terrível, pensava em tudo e não pensava em nada. Meu pai já estava tão longe de mim pela imobilidade da sua face e pela rigidez da sua atitude!

Um assoviar estridente e compassado rompeu o silêncio que nos cercava. Júlio entrava de um baile. O padre Jerônimo, lento e grave, correu ao seu encontro e avisou-o do ocorrido. O assovio cessou e meu marido, lívido e de smoking, entrou no quarto mortuário, onde se demorou um pouco.

Depois não me lembro mais, senão que fui para o meu quarto e que, me servindo da prateada seringuinha de Ravaz, cheia de morfina, entrei para o país irreal dos sonhos deliciosos, onde a morte não existe.

Soube mais tarde que somente o jovem sacerdote velou o cadáver do meu pai.

Durante o enterro presidido pelas minhas virtuosas tias, eu não apareci, completamente embriagada de morfina e, como um corpo morto, atirada sobre a cama.

Quando, dois dias depois, entrei na sala de jantar, Júlio recuou de espanto. Pálida, cadavérica, eu vestia um *peignoir* cor-de-rosa e indagava de meu pai, totalmente esquecida da sua morte.

12

Ficamos sozinhos, meu marido e eu, naquele soturno casarão, rodeado por uma chácara sombria e um arvoredo copado que gemia como gente pelos dias de vento forte. Quando, passados os primeiros meses de luto e de saudade em que eu errara pela casa, torcendo as mãos e chamando por meu pai, uma onda de vida intensa e de desejo de gozá-la depressa antes que me acontecesse o mesmo que a ele se apoderou de mim. Júlio retomara a sua indiferença e o seu ar desdenhoso de outrora. Entrava, saía, sem quase me falar e até deixara muitas vezes de vir jantar em casa. As minhas amigas, na angústia da minha dor, portaram-se cada uma segundo as suas naturezas. Magdalena, com o vidro de cocaína nas mãos, babou-me de lágrimas mornas e, de olhos semicerrados, serviu-me uma série de consolações em que eu entendi que a cocaína faz olvidar tudo. Laura declarou o amor o supremo remédio para todas as dores e perguntou-me por Pedro Monteiro, o que me fez corar. Maria Helena, fitando-me com os seus olhos estranhos, atirou-se a mim, colando-se a meu corpo como se fôssemos uma só. E, baixinho, ela me serviu umas ardentes frases de ternura e de devotamento que me deixaram fria. A boa, a verdadeira consoladora foi Margarida, que três dias após o falecimento do meu pai entrou-me no quarto onde eu me refugiara para chorar, trazendo-me o filhinho, que me colocou no regaço. Os beijos desse mimoso ente transformaram em doçura a ferocidade revoltada das minhas lágrimas. Com ele apertado contra o meu seio, chorei meu Pai com respeito e carinho. E a vida correu de novo para mim com a mesma monotonia ou a mesma diversidade que para o resto do mundo.

Meu marido e eu acabamos por nem nos vermos mais. Ele almoçava e partia para o Ministério, enquanto eu dormia ainda no meu aposento fechado a ele. E, em geral, quando ele voltava para jantar, era eu quem não estava em casa. A pessoa do meu santo Pai, para a qual representávamos, não existindo mais, nós findamos a comédia em que éramos ao mesmo tempo autores e atores.

Agora, dona exclusiva da casa, eu recebia quem queria e, muitas vezes, quando Júlio voltava, ainda eu fazia música com alguns favoritos ou pacatamente conversava com um só. Nelson, de volta da Europa, surgira mais artista e menos místico. Já não fitava o teto quando tocava piano, mas antes procurava os meus olhos, que brilhavam de entusiasmo ou de comoção. E uma tarde, antes de ele terminar uma melodia que me arrancara soluços de êxtase, eu me encontrei com as suas mãos presas às minhas. De novo, o jasmineiro cor de leite fez tombar sobre as nossas cabeças a chuva das suas pétalas cheirosas e, de novo, a mangueira estrelou sobre o nosso grupo a sua sombra doce e fresca. Mais uma vez, eu imaginei que amava e menti afirmando-o.

Uma noite enluarada, Nelson e eu decidimos entoar o nosso poema de amor à claridade opalina dos raios lunares. Descemos ao jardim e, ao arroubo poético da noite linda, experimentei dentro de mim uma exaltação que me transfigurava. Eu dizia, mirando as estrelas que se refletiam no lago entre gramas verdes, que eu amava Nelson, que aquilo que experimentava era amor, era mesmo paixão.

Sereno, prosternado diante de mim, pelo olhar com que me contemplava, Nelson murmurava, como em sonho, uma frase daquela melodia que me dera a ele... Enlevados, nós não víamos a terra em que pisávamos... Meia-noite bateu em todos os relógios da vizinhança e ainda nós nos conservávamos sobre o banco, com os raios piscantes das estrelas em cheio sobre nós. Júlio entrou e nos viu assim. No seu passo leve de dançarino, atravessou o caminho que defrontava a nós e sumiu-se dentro de casa. Eu não fizera um movimento. Somente depois que ele passou, como uma criança, eu me joguei entre os braços de Nelson, que se fecharam.

Na tarde seguinte, meu marido mandou buscar as suas malas e, num bilhete lacônico, declarou-me que nunca mais me veria. Já estava promovido!... Meses depois, o tribunal decretara o nosso divórcio por incompatibilidade de gênios.

Ah! esse tartufo divórcio brasileiro, como eu o odeio! Separa os corpos, mas impede a renovação da vida para as mulheres que, desprotegidas e inexperientes como eu, eram ou são vítimas desse sacramento, inexorável como a morte e, como ela, sem apelo. A hipocrisia dos brasileiros, hipocrisia que se balança entre o despudor completo dos homens e a fraqueza sem limites das mulheres, recusa em conceder uma saída nobre e definitiva para aqueles que um mau matrimônio torna desgraçados e desclassificados.

Ao homem, tudo é perdoado, explicado, permitido; a criatura do sexo feminino, uma vez infeliz na escolha do companheiro da existência, tem diante de si o isolamento, a tristeza, a calúnia, a maldição... Ou ela se transforma num ser contra a natureza, ou ela será a vítima dos que a julgam um ser sem etiqueta, sem virtude e sem direitos. As nossas leis esquecem o progresso do mundo e o novo papel da mulher na sociedade e no universo, papel em que ela se mostrou mais corajosa, mais inteligente e mais útil do que os homens.

Mas para que gritar quando os que nos dirigem se calam! Júlio partiu e eu fiquei só. As minhas velhas parentas entraram a voltar-me as costas quando me encontravam e só Margarida chorou quando soube do que me acontecera. As outras principiaram a invadir-me a casa e, muitas noites a fio, elas partilhavam da minha intimidade. Maria Helena trouxe-me uma noite a sua amiga do coração, a Palmira, uma lourinha de grandes olhos suaves e lábios cor-de-rosa, e fez-lhe uma cena tremenda por minha causa.

Enfim, a vida boêmia principiara para mim e, como um pássaro tonto, eu me pendurei aos diversos galhos da árvore tormentosa e envenenada que a sombreia.

Nelson entrou a desagradar-me pela extrema suavidade dos seus modos e das suas músicas. Havia dias em que me dava positivamente um choque nos nervos aquela sua maneira de amar e de fazer soar o piano. E, uma tarde em que me sentia irritada, fechei-lhe sobre as mãos a tampa do instrumento que desagradava tanto a Victor Hugo. Nelson compreendeu e não voltou mais. Também não o chamei.

Depois disso enveredei pelo caminho das nostalgias vagas, dos anseios sem objetivo, do dormitar constante entre flores que cheiram muito. A minha velha Gertrudes julgou-me muito doente e chamou o meu inexperiente antiquário dr. Assumpção, que me achou anêmica e fraca. Receitou-me um tônico que não mandei buscar e distrações que não procurei.

A Laura, muito casquilha num vestido de crepe da China, veio visitar-me e, no langor de uma nova paixão por um *saleroso* espanhol que a amava ao som de castanholas bulhentas, recomendou-me que amasse de novo. Seria a cura. E, dos seus lábios pintados de um vermelho lustroso, ela deixou cair a célebre frase de Musset: *"Il faut toujours aimer après avoir aimé"*[12].

---

12 Em francês, "É preciso sempre amar depois de ter amado".

Do meu marido ignorava tudo. Foi na exposição das Belas Artes que travei conhecimento com Georges Dénis, o pintor francês que se dedicara ao nu feminino. Acompanhava-me Maria Helena no seu costume azul-marinho riscado de linhas brancas e com a cabecinha insolente sob o *canotier* masculino. Perturbou-se ela, entretanto, quando o seu olhar cinzento caiu sobre a obra-prima de Dénis, uma mulher completamente nua que se mira num espelho envaidecida da sua formosura.

O quadro intitulava-se "Orgulho" e, de dentes cerrados, depois de olhá-lo longamente, a minha amiga murmurou: "Ela tem de quê. Essa criatura é maravilhosa!".

Quando nos apresentaram o célebre pintor, que conseguira comover a opinião dos que corriam pelas salas, retendo-se longo tempo diante do seu quadro, eu o contemplei espantada. Georges Dénis não passava de um louro efebo, de grandes olhos negros em que corria um clarão de quando em quando e de uma pequena testa que cabelos em ponta aguda cobriam. Parecia distraído, embebido num pensamento profundo que o absorvia e lhe velava o exterior.

E foi isso que me perdeu. Enquanto Maria Helena, com um tremor na voz, lhe perguntava onde encontrara um corpo tão perfeito de mulher, para lhe servir de modelo, eu jurava a mim mesma que venceria aquela reserva, aquele retraimento de Dénis, que davam a impressão de que lhe eram indiferentes todos os seres da terra que não lhe aproveitavam para a sua arte.

Oito dias após essa exposição, Georges jantava em minha casa e, diante da *toilette* que me despia, ele se prontificara a fazer o meu retrato em *houri*[13].

Mas o pintor feminino, com aquele seu hábito de me fitar sem me ver, causou o meu capricho. E Vice, o meu cachorrinho querido, não o podia suportar. Quando Georges distraidamente me beijava, ele avançava para as suas esbeltas pernas e ameaçava mordê-las. Uma vez, ao entrar na sala, onde o artista e o cãozinho se digladiavam, pela primeira vez eu notei uma expressão realmente ardente no rosto do meu amigo. A sua fronte estreita relampejava e a curva da sua boca sempre doce subia nos cantos como um arco em ataque. Não dei muito pela vida do meu pobre Vice. Mas para que alongar também essa narrativa que já começava a enfastiar-me?

Tudo cansa no mundo, até a liberdade demasiada. Uma madrugada em que não dormia, jurei a mim mesma remodelar a minha existência. Chamei as minhas amigas e, em torno do meu leito que cobrira

---

[13] Grafia francesa de huri, mulher de extraordinária beleza que, segundo o Alcorão, no paraíso será a esposa do muçulmano fiel.

de rosas desfolhadas como um leito mortuário, eu combinei com elas que, para mudarmos de sensações, devíamos experimentar as da virtude.

Uma gargalhada de Laura, um gemido de Magdalena e um muxoxo de Maria Helena responderam a esse meu dito, pronunciado numa voz convencida e com olhares de religiosa mundana. O que não lhes quis contar e o que eu negava a mim mesma foi a influência, nessas novas ideias, da visita do padre Jerônimo dos Reis, realizada na véspera, visita de despedida, pois o moço sacerdote voltava para Recife. O que o olhar do ministro de Deus me gritara eu não olvidarei jamais! Pela primeira vez, ele me permitira que eu lhe beijasse a mão e, neste beijo, eu pus toda a doçura do meu sentimento, mescla de misticismo e de ardor, que eu lhe dedicara no fundo do meu coração perturbado. Depois, na solidão do meu quarto, banhada por aquela recordação suave da presença sacerdotal, eu sentira náusea pela vida que levava e jurara modificá-la.

Como são leves e passageiras as resoluções das mulheres quando ninguém existe que as impulsione e as domine!

Enquanto eu me senti sob a influência do olhar de Jerônimo dos Reis e malgrado os gestos de enfado das minhas companheiras, consegui realizar o meu novo ideal. Mas a carne é fraca se a alma é forte e, mais uma vez, um homem imperou na minha existência.

Roberto Toledo, o mais famoso advogado criminalista, ofereceu-me o seu amor e eu o aceitei. Entretanto, essa natureza forte e observadora não se curvou ao meu governo.

Delicadamente, ele me retirou a seringa de Pravaz, o vidro da morfina e modificou o meu modo de encarar as cenas do mundo. Foi a seu pedido que chamei o delicioso Maceu Pedrosa e que me deixei examinar por ele. Eu estou mentindo. Ele não me rogou exatamente que chamasse este perfumado sacerdote de doenças femininas: ele aconselhou que chamasse o sério e arguto dr. Armando Lins, profissional de moléstias nervosas. Mas esse Armando Lins é tão feio e o outro tão bonito que não hesitei. Aliás, Roberto está em São Paulo há uma semana e ignora que eu o tenha feito. No isolamento da minha casa, sem a presença dele e sobretudo muito fraca de corpo e inquieta de alma, eu principiei a traçar essas linhas que lhe explicarão melhor quem eu sou, se eu morrer, e que infelizmente provarão ao meu suave e elegante médico que ele tem razão. "Eu sou uma enervada, quero dizer, uma criatura sem vontade própria, joguete das suas sensações, incapaz de realmente sentir, sem objetivos e sem ideais, e de corpo e alma doentes, que lhe servem falsos anseios e lhe indicam falsos caminhos. Enfim, ente prejudicial a si próprio e aos outros."

Quando Roberto chegar, talvez eu continue a escrever. Não mais será, porém, para contentar o dr. Maceu, médico perfumado à *l'heure bleue*, de Coty, mas, sim, no desejo de bem estudar o meu íntimo, que, afinal, nesse *drainage*[14] a que o submeti surgiu mais leviano do que cruel. As linhas que se seguem serão, pois, as minhas memórias modernas.

---

14 Em francês, drenagem.

Parte 2

1 *Junho de 1918*

Deixei passar alguns dias antes de recomeçar a escrever. O meu estado de corpo e de alma era péssimo. Hoje faz uma manhã brumosa, melancólica, seria como um rosto estreitamente velado do qual não se enxergue bem a verdadeira expressão.

Anteontem à noite, tive uma crise tremenda de hipocondria, de desolação, de histeria. Telefonei ao meigo dr. Maceu, chamando-o, mas não estava em casa... Foi melhor assim. Cheirei éter, não tendo coragem para servir-me da morfina como lenitivo. Roberto proibiu-me tão seriamente que não mais me envenenasse com esse delicioso tóxico que não ouso desobedecer-lhe. Sofri, porém, como um cão, sofri no meu organismo que se crispava todo e no meu espírito que se afundava num abismo de impressões indefinidas. Mergulhei na cama, cujo dossel róseo aparecia-me como uma tampa de esquife e, cheirando ora éter, ora rosas, o que me recordava o jovem sacerdote de olhos místicos e boca profana, eu adormeci depois de uma dispneia atroz.

Se Roberto estivesse no Rio falar-me-ia com aquela voz serena que tanto me acalma e eu não necessitaria do esforço que gastei para repousar. Tentei evocá-lo com o seu rosto moreno, os seus olhos nem pequenos nem grandes, mas salpicados de pontos negros que se ajuntam formando uma só mancha escura, quando ele se zanga. Procurei fazê-lo surgir diante de mim com o seu porte alto e robusto de homem são e bem equilibrado que encara a existência como uma arena de batalhas em que vencerá forçosamente. Mas, vaga e longínqua, a sua imagem, assim sugestionada, não me causou o menor efeito. Antes de recomeçar hoje a traçar estas linhas, eu me debrucei à janela do meu sobradinho da rua do Catete — porque eu vendi há dois anos a nossa bela chácara sombria e fresca do Rio Comprido, que muitas emoções me recordava, e habito agora o centro barulhento, ao qual desembocam diversas ruas de nomes estranhos — e lancei em torno um olhar que se alongou numa indagação que ficou sem resposta. Por que tanto movimento, tanta agitação, tanta corrida pelas ruas, Deus meu?

Onde irá toda essa gente que, adornada, de olhar esgazeado e face convulsa, vai e vem nesses bondes que percorrem a todo instante esses trilhos, num contínuo ruído de tímpanos, num fatigante voltear de rodas? Algumas mulheres, que entreavisto da minha veneziana meio cerrada pela cortina, vão certamente ao amor, à sensação, ao beijo, e alguns homens, quase todos crentes no poder do dinheiro para olvido da sua impotência em amar, correm à sua conquista com as fisionomias severas, os olhos aguçados de cobiça e mãos frementes de ladrões sociais. Ambos serão decepcionados: o amor e o dinheiro nunca dão o que prometem. Num automóvel do palácio presidencial, reconheço a cabeça de um político, cuja testa desguarnecida brilha como uma placa de anúncio. Este segue a caça do domínio, das honras, das lisonjas... Como ele se espraia sobre as almofadas palacianas e como mira os outros com os supercílios levantados! A loucura da glória, do triunfo, impera no seu cérebro, que a luz radiosa da ambição e da vaidade enche e cega.

Pobre homem! Que é ele nesse carro luxuoso, senão uma mesquinha criatura, sobre a qual a Morte, sempre à espreita, plana, podendo agarrá-lo e seduzi-lo de um segundo para outro a um grotesco ou sinistro manequim quebrado!

Para os simples, para os sinceros, ele é um servidor da Pátria, em quem pensa incessantemente e à qual se sacrifica da manhã à noite. Para mim, do alto dessa janela entreaberta, para mim que conheço os homens, ele só pensa em si, nos seus interesses e nos seus proveitos. Se a humanidade é baseada nisto, nesse egoísmo inconsciente que nos governa, malgrado todas as qualidades com que nós nos enganamos!...

2 *Julho de 1918*

Roberto chega hoje. Na minha cadeira de balanço que oscila com o movimento do meu pé, eu penso na ausência desse homem que me procura suster com o seu braço robusto acima desse precipício, no fundo do qual invencivelmente eu me despenhava. Sorrindo maliciosamente, mal a gosto ainda nesse novo avatar de pureza, eu evoco esses dias de solidão que passei longe dele. As minhas idas à Avenida, os meus deliciosos devaneios nos cinemas a ouvir a música quente e rítmica dos tangos, o meu bem-estar ao sentir-me admirada, audaciosamente refletida nos olhos masculinos, acodem ao meu pensamento, que se acinzenta ao sublinhar essas pequenas faltas que denotam tão claramente a minha pertinácia na moléstia que Roberto me quer tanto curar! Mas serão realmente culpas todo esse sentir que, independentemente da minha vontade, se intromete no meu ser e me faz agir de modo que o meu amigo não gosta? Eu, porém, vou confessar-lhe tudo.

Quando o vir bem apaixonado por mim, com um clarão no olhar que me fitará, clarão que eu tentarei dominar e transformar num olhar submisso de animalzinho querido, exagerando então a minha ingenuidade, e numa voz abafada e doce, eu lhe contarei os movimentos pecadores da minha alma e do meu corpo, movimentos partidos do socavão da minha pessoa e que determinaram leves balanços no andar, brilhos nos meus olhos cor de cinzas frias e irradiações da minha face acariciada por outros olhos que não os dele. Afinal isso não passa de ligeiros, superficiais crimes, cometidos muitas vezes pela mulher, mesmo a mais séria. A religião não apelida por acaso a esses graciosos desmandos de pecados veniais? E a religião é tão severa! Não, eu não fui infiel a Roberto, lá isso não. E idealizo, já com voluptuosa gala, o momento em que, encostada a seu ombro, baixando faceiramente os meus olhos sob as franjas dos meus cílios crespos, eu lhe confessarei a minha cura incompleta, o meu passeio pelas aleias floridas que conduzem do elogio à sensação. E Roberto me perdoará, depois de endurecer um segundo o seu rosto de sobrancelhas quase unidas, num gesto de involuntário mau humor e de despeito. Será delicioso depois ouvir-lhe a voz severa, aconselhando-me dignidade e pudor, voz que se quebrará aos beijos que eu lhe servir, aos protestos que lhe farei de que o amarei para sempre, de que o amo já... Curiosa é a minha personalidade nesse instante de crise aguda, personalidade que se desdobra e representa dentro de mim e para mim. Nesses momentos, eu possuo duas almas: uma que, tranquila espectadora, analisa a outra, que se agita, se exalta, jura e rejura coisas que espantam a primeira. É isso tão espantoso que me tem sucedido, em muitas ocasiões, parar de repente como por falta de corda ou pela fuga daquela alma intrusa que se pôs a falar, a gritar, para subitamente desaparecer envergonhada ou surpresa.

Meu amigo, nesses segundos, nunca pronuncia uma palavra; pega-me simplesmente na mão, acarinha-a e chama-me a atenção sobre um assunto mais banal. Eu nunca me revolto contra esse seu proceder que, embora me deprima um pouco, restitui-me todavia a serenidade.

Oh! sim! Roberto é bom, Roberto afugentará de mim as ideias malsãs que não me permitem gozar as ligeiras alegrias da existência. Sob os seus cuidados, eu deixarei de ser uma "enervada", a *chercheuse*[15] infatigável da paixão, eu, que não a posso nem a

---

15 Em francês, aquela que busca, procura.

sei realmente experimentar! Nos meus intervalos de equilíbrio, eu imagino como deve ser bom ser-se calma, pacífica e resignada. Crer em Deus e crer no homem que se escolheu, esperar de ambos a ventura e partilhar com os dois o sofrimento ou o prazer, nisso consistirá sempre a felicidade de uma mulher! Sentir-se a gente uma pequenina coisa, um mimoso ser vencido aos pés da Providência ou aos braços do amado, será, não se enganem, a mais forte e saborosa sensação feminina! Que fiz eu a essa Força oculta, para assim existir balançada entre a minha ânsia de ser pura e o ímã que me atrai para os pântanos cobertos de flores do pecado da carne? Roberto, meu amigo, salva-me desse espírito mau que se apodera de mim nas horas em que, fraca e palpitante, eu aspiro ao mal como a um único prazer possível!

Como as minhas amigas rir-se-iam de mim se lessem o que escrevo! A Maria Helena, mais avidamente afetuosa desde que as suas faces de cetim sem cor entraram a fanar-se, quis, há dias, assassinar, com um punhalzinho elegante, a amiga que a traiu. Sabendo Roberto ausente, ela me procurou para contar-me a traição de que era vítima. Eu saíra do banho e, fresca e sem pintura, saboreava calmamente minha xícara de chá matinal, quando a minha estranha companheira penetrou na minha salinha, lívida e com os olhos vidrados de ódio. Nunca vira em nenhum olhar de mulher tão intensa expressão de rancor!

Sem tirar o chapéu e torcendo entre os dedos as luvas que não calçara, ela começou a falar, sem sequer responder ao gesto com que eu lhe oferecia uma chávena do líquido da moda.

— Lúcia, filha, tu vês diante de ti a mulher mais desgraçada do mundo! Mas eu me vingarei da infame, olé, se me vingarei.

Serenamente, habituada como estava às cóleras de Maria Helena, eu murmurei:

— Sossega, criatura, e conta lá a tua história.

Falando sempre, ela jogou as luvas no chão e entrou a andar de um lado para outro do aposento. O tapete amortecia-lhe os passos, mas assim mesmo ele rangia esmagado debaixo das suas violentas passadas.

— Conheces a minha amiguinha Kate? Não? Pois, Lúcia, acredita-me: ela é um *bijou*, ouviste? Um verdadeiro *bijou*, entendeste? Que olhos, filha! que boca, que braços! Ah! Tu sabes? Ela lembra aquela mulher pintada pelo Georges Dénis e que nós admiramos nas Belas Artes. Lembras-te? Pois bem, Lúcia, essa criatura, de uma classe ínfima e que eu amparei com o meu afeto e com o meu dinheiro, mentia-me há seis meses! Era noiva de um estudante às ocultas de mim e ontem, com aquele olhar de madona que eu achava tão lindo, ela me confessa que vai partir com o rapaz para se casar com ele no Espírito Santo, de onde ele é filho. E como eu, estarrecida, nada lhe respondesse, ela, muito senhora de si, principiou a arrumar na mala os vestidos e as joias que eu lhe dera. Que desbriada, hein?

— Cruz! — exclamei eu mirando a minha amiga, que empalidecera e cambaleara. — Tu te pões num tal estado por causa desta Kate especuladora que eu não te compreendo!

— Ah! é porque tu não sabes como eu agonizo com a ingratidão dessa criatura! Eu adorava-a, Lúcia, e, a um seu gesto, desceria ao inferno, na ânsia de lhe satisfazer um desejo! E ela me traía, ela se vai, ela ama a um homem!!

Maria Helena tremia tanto que não se pudera suster em pé. Como em síncope, deixou-se cair sobre uma das fofas poltronas da minha sala e desatou num choro sem lágrimas, o que transformava completamente a sua fisionomia, contraindo-se em esgares violentos.

Em mim, a náusea combatia a piedade. Não entendia nada àquele desespero ardente, àquele sofrer agudo que me pareciam ridículos na sua demonstração exagerada.

Ergui-me, entretanto, do meu lugar e fui ajoelhar-me a seus pés sobre uma alta almofada que me pôs ao nível do seu busto e procurei consolá-la como pude.

Ela emudecera, mas no seu olhar, que mudava com o tempo, passava a chama triste de uma dor revoltada e impotente. Fi-la beber aos tragos alguns goles de chá quente, mas a minha pobre amiga, na sua enervação, eu o via bem, continuava irresignada e decidida a todas as baixezas para conservar a camarada que a queria abandonar.

Sem ouvir o que eu lhe dizia, sem se aperceber, sequer, do meu esforço em apaziguar-lhe a dor, ela levantou-se subitamente da cadeira, pegou nas luvas, arranjou o chapéu sobre os cabelos curtos e, com uma expressão de loucura, nos olhos alargados, disse-me adeus e dirigiu-se à porta. Aí, e sem deixar cair a cortina, dos seus lábios rubros e mordidos, Maria Helena gritou-me.

— Mas isso não fica assim! Por Deus, que isso não fica assim!

A vingança nunca foi o prazer dos deuses, mas sim o das mulheres!

Dias depois, fui informada que, enfurecida e dolorosa, Maria Helena tentara matar a pequena e traidora Kate com um punhalzinho elegante de que eu fizera presente como cortador de folhas dos livros.

Espavorida, Kate fugira para a rua, pingando sangue de uma ferida felizmente superficial, e se recolhera à casa da família do noivo.

Como se não bastasse esse escândalo, Maria Helena está hoje gravemente enferma de uma febre cerebral que talvez a arraste para a imbecilidade ou para a morte.

3 *Agosto de 1918*

Ah! Roberto chegou ontem... Chuviscava e quando ele me abraçou eu notei sobre a sua capa largas gotas d'água. Como o seu olhar me interrogava, enquanto a sua boca beijava a minha como numa sede sem aplacamento! A noite enchia a cidade de ruídos e pelo Catete os automóveis e os bondes corriam sem cessar, numa vertigem. Na minha salinha fechada, de luz sabiamente coada e de *bouquets* de flores sem perfume, reinava uma atmosfera deliciosa de conforto.

Roberto sentou-se na mesma poltrona que Maria Helena ocupara naquela famosa manhã que quase a fizera uma criminosa e eu também, como naquela ocasião, prostrei-me sobre uma almofada a seus pés. Ele tomara-me das mãos e, todo inclinado sobre mim, com uma expressão de imensa bondade no rosto, dizia-me mil coisas sem nada me dizer. Eu mirava-o enlevada, sentindo todavia dentro de mim sempre a mesma insistente indagação, sempre a mesma terrível dúvida: Tu o amas, realmente, Lúcia?

Sim, eu amo Roberto, eu o amei ontem, eu o amarei sempre. Quero amá-lo, é necessário que eu o ame, que me sujeite ao seu domínio, que me curve ao seu poder de homem. Farei calar a essa maldita psicologia que inutiliza todos os bons esforços que surgem em mim e tornar-me-ei uma criatura normal, uma mulher feliz.

Encostara eu faceiramente a minha cabeça num dos braços da cadeira e virara para ele os meus olhos de gata, que se escondiam medrosos debaixo das pálpebras, quando muito de perto meu amigo os fitava.

— Que fizeste durante todos esses longos dias de ausência? — perguntou-me Roberto, com meiguice.
— Saíste muito, *"flirtaste"*, Lúcia minha? Não, não é, minha querida?

Eu sorria, com o meu sorriso de outrora que Roberto detestava, mas que, involuntariamente, me vinha aos lábios, quando se me falava de amor.

Esse amigo teve, ao notá-lo, um pequeno tremor nas mãos que enlaçavam as minhas. Num segundo rápido, eu observei que ele já não as apertava entre as dele.

— Não, meu amor, é verdade o que te escrevi. O médico esteve aqui e declarou-me uma... Eu te calei somente o nome que ele me deu num falso pudor sem explicação aliás. Mas, agora, a teu lado, sinto-me corajosa. O ilustre esculápio pôs-me em cima a etiqueta de "enervada". Que dizes?

— O dr. Armando Lins empregou deveras esse moderno termo que enche agora as páginas dos romances? — gritou quase Roberto surpreso.

Um pouco de sangue subiu-me às faces. Chegara a ocasião de confessar a minha desobediência e a minha falta de verdade. Permaneci um momento em silêncio. Curvava a fronte e punha, num desejo de amolecer a irritação do meu amigo, a minha cabeleira perfumada, quase sob as suas narinas, que eu adivinhava frementes de curiosidade.

— Que há? Fala, Lúcia. Por que te calas? — perguntou-me ele. — Vamos, olha-me de frente e responde.

E com a sua mão, grande e quente, Roberto suspendeu-me o rosto pelo queixo, cravando no meu olhar, que fugiu logo, os seus olhos cor de topázio.

— É que — gaguejei eu — não foi o dr. Lins que eu chamei, mas sim ao Maceu Pedrosa, em quem tenho mais confiança, Roberto!

— Ah! — murmurou este simplesmente.

— Não penses — tartamudeei eu — que preferi o Maceu porque ele é mais bonito do que o outro. Não, Roberto, não. Eu o chamei porque o outro é muito severo, e me mete medo. E eu estava sozinha, sem ti!

Roberto respirou largamente e, como tomando uma resolução, disse:

— Receitou-te alguma coisa esse médico famoso, que as mulheres se disputam como um raro *bibelot*?

— Sim, mas eu não mandei aviar a receita. Permaneci em casa sossegada. Saí pouco, abandonei os perfumes violentos como me aconselhaste e a dispneia, as insônias, as perturbações rarearam. Vês como eu te obedeço! — declarei eu, olvidando a compra dos jasmins trescalantes.

E, contente, dei novamente os meus olhos a Roberto, que os recebeu num sorriso.

De repente, ele se ergueu da poltrona, desvencilhou-se do enlace dos meus braços que o estreitavam e, grave, pôs-se em pé diante de mim, fixando-me, perscrutando-me o rosto.

Julgando-o zangado, eu estremecia.

— Lúcia, meu amor — falou-me ele —, eu conheço um meio de te curar de uma vez de todo esse desequilíbrio que te domina. Mas ele é impossível para nós. Dize-me: tu aceitarias casar comigo, se fosses viúva?

Ah! Deus meu! Com que vivacidade e emoção eu me ergui do coxim e me atirei nos braços do meu amigo! Sim, sim, gritavam no meu íntimo aquelas duas almas que tanto me faziam sofrer com a sua contradição e gozar com o seu novo acordo!

— Tu me desposarias realmente se eu fosse livre, meu querido? Apesar das minhas faltas, do meu temperamento estranho, do meu feitio mórbido e doentio? Ah! Roberto, tu te casarias mesmo com a enervada que eu sou?

— Criança que tu és — declarou-me Roberto, apertando-me contra o seu vasto peito, que arfava. — Tu não és culpada de ser o que a vida, a educação, o casamento infeliz que contraíste te fizeram. O segredo da virtude e do equilíbrio femininos está no amor, Lúcia! Tu nunca foste amada verdadeiramente, meu bem! Desejaram-te, exploraram a tua graça, a tua fraqueza, mas nunca te amaram como eu te amo. Por isso é que eu te hei de curar, ouviste, meu amor?

Agarrada ao seu pescoço redondo e forte, eu chorava silenciosamente.

Roberto passava carinhosamente as mãos sobre as minhas espáduas dobradas sobre ele e, entre os beijos depositados nos meus cabelos, eu ouvia a promessa de que ele me curaria da moléstia sensual e tremenda que é a enervação, ou a procura exaustiva atrás da felicidade dos sentidos e dos nervos.

Pela primeira vez compreendi o que era o amor entre um homem e uma mulher.

Nas ruas, o ruído aumentara, os *fonfons* dos automóveis estrilavam no silêncio da noite, enquanto eu, pequena e vencida, entregava-me a Roberto como uma *petite chose* bem dele e só dele.

4 — *Fins de agosto de 1918*

Passei muitos dias sob a impressão suave do anseio do Roberto em fazer-me sua esposa. O meu ceticismo, o meu sarcasmo, tinham sido vencidos pela afeição desse homem grande, bom e dedicado. Adorei Roberto, vivi extasiada nos seus braços, submissa à sua vontade, numa languidez de sultana favorita, numa devoção de beata. Ele mostrava-se encantado, fazendo projetos, ditando ordens, no seu papel de macho vencedor de fêmea. E eu obedecia-lhe sempre, radiosa de ser obrigada a satisfazer-lhe os desejos, a dobrar-me aos seus decretos, a curvar-me diante de sua soberania.

Uma tarde em que molemente apoiada sobre o braço do meu amigo, eu lhe bebia as palavras com a minha boca junto à dele, ouvimos passos na escada e Laura, muito decotada no seu vestido cinzento, entrou na nossa salinha. Trazia nos braços um grosso *bouquet* de rosas amarelas que cheiravam violentamente. Ao encontrar-me enlaçada ao meu querido Roberto, ela sorriu e, num gesto de ironia, cumprimentou-nos com falsa amabilidade, jogando sobre o meu regaço flores, que logo me perturbaram com o seu aroma ardente. Senti que o meu amigo retinha a custo uma pequena crispação de nervos e que a sua mão me retinha mais fortemente contra ele.

Fitei-o surpresa e observei que a sua face mudara. Compreendi que a visita de Laura, as rosas, o ar estranho com que ela nos cumprimentara ao entrar lhe desagradavam. E, entre orgulhosa e triunfante, querendo abrandar a um e espantar a outra, eu murmurei apertando-me contra o peito de Roberto:

— Tu não calculas, Laura, como eu me sinto feliz hoje!

— Por que isso? — indagou a minha amiga, fixando-me curiosa.

— Porque — e eu corei um pouco debaixo dos meus cabelos cor de carvão chamejante — Roberto ofereceu-se para casar comigo, logo que eu fique viúva.

— Sim? — disse Laura, olhando meu amigo maliciosamente. — Que admirável homem que é o teu amante! Somente, minha querida, talvez ele nunca tenha ocasião de cumprir a sua promessa. Teu marido é tão moço! Que pena perder-se assim uma tão boa vontade masculina!

E os olhos da minha amiga luziam de maldade. Ouvindo-a, eu pensava que as mulheres são tremendamente invejosas umas das outras e que nesse sexo de fragilidade e de delicadeza reina uma ferocidade egoística de tal ordem que suprime o nó solidário que o faria forte e glorioso. Há homens dedicados a outros homens, aliados entre si na dor e na ventura, partilhando com os amigos as más horas e regozijando-se com eles nos bons momentos.

As mulheres, entretanto, mesmo as mais afetuosas nas amizades, põem uma ponta de ironia ou de maldade quando se referem à bondade, à beleza, ou ao dinheiro da sua maior amiga. E por isso nós seremos sempre sujeitas ao sexo forte, superiores a nós por essa qualidade que sempre nobilitará a criatura humana. Enquanto eu fazia essas reflexões um pouco tristemente, Roberto soltara-me e erguera-se do sofá.

Sério e com o seu olhar frio, ele dirigiu-se a Laura, que sorria sempre com o seu mau sorriso.

— Lamento muito não poder provar à senhora que, com todo o meu respeito e o meu amor, eu cumpriria gostosamente a minha promessa à Lúcia. Não desejo a morte do seu marido, mas, se ela suceder, desposá-la-ei com o maior orgulho.

Ah! os olhos de Laura, como eles luziam de inveja e de crueldade! Como pontas de um estilete, eles entraram na minha alma e a feriram!

Curvando-se, Roberto tentou apanhar todas as flores que amareleciam o meu regaço e cujo perfume me ia embriagando pouco a pouco, na intenção, eu bem adivinhara, de jogá-las num vaso que ornava uma mesa longínqua. Antes, porém, que ele o fizesse, eu retive as rosas e afundei nelas o meu rosto, empalidecido e transtornado.

Sem uma palavra, ele cedeu, largando o ramalhete que se desfolhou a meio, cobrindo-me de pétalas odoríferas e mortas. E, saiu da saleta um pouco bruscamente deixando-nos sozinhas, Laura e eu. Esta apressou-se em dizer-me:

— A generosidade do teu Roberto não é grande, filha! Júlio vive ainda e o divórcio não existe entre nós. Ah! esses homens, esses homens, só tomando-os como eu os tomo: para o meu divertimento ou para o meu gozo. E tu estavas toda babosa, hein?

Eu me calara, continuando a apertar contra as minhas narinas um punhado de pétalas trescalantes. Nem ouvia bem o que Laura me dizia. Entretanto, chegou-me aos ouvidos a sua última frase e, má também, eu lhe respondi:

— Também nunca encontraste um homem que te oferecesse, nem mesmo a rir, a sua mão de esposo! E tens passado por toda uma escala de homens, hein?

Laura, muito serena, mirava-me atentamente. Depois, sacudiu os ombros e, fazendo tilintar as pulseiras que lhe encerravam os braços, quase nus, disse-me com uma voz indiferente e lassa:

— Tu tens razão nisso: em que nenhum ente de calças ousou, depois da fuga do meu marido, pedir-me a mão de esposa, nem mesmo por *blague*. Os meus amantes não gostam de representar farsas como o teu... de agora. Que grande pandego esse Roberto!

Domou-te com esse nobre oferecimento, hein? Ah... ha! ha! como as mulheres são tolas, meu Deus!

E a minha amiga jogava-se para trás da cadeira, num riso convulso que lhe empinava o peito e arregaçava a saia, deixando a descoberto as suas pernas primorosamente engastadas em transparentes meias de seda.

— E, nunca mais, Lúcia, eu te trarei flores. Teu Roberto não as suporta. Li-lhe no rosto que, se pudesse, as estraçalhava.

Triste, muito triste, eu tentei dizer-lhe:

— Ele sabe que os aromas fortes me põem doente, Laura. Foi simplesmente por essa razão que ele m'as quis retirar.

Perturbada, fraca, eu voltava a ser a criatura sem vontade e sem reação.

— Pois eu me vou embora, minha cara amiga. Ouço daqui os passos do teu amante na sala de jantar, passos que denotam a sua ânsia para que eu parta. Aliás, eu vim simplesmente despedir-me de ti. O amor começa a enfadar-me; são sempre os mesmos gestos, as mesmas palavras, as mesmas juras, a mesma comédia... Os homens dizem sempre a mesma coisa, quando amam ou quando brigam, já reparaste? Estou farta. Tentei esses últimos dias o jogo. Ah! Lúcia, que divinas emoções eu senti despertar em meu seio, que parecia morto! O jogo, sim, é caprichoso, mutável, impressionante, dominador. Viva o jogo! Estou tratando de partir para Monte Carlo. Se eu ganhar, mando-te de lá um presente. Se perder, mato-me. Será um fim como outro qualquer. Mas, adeus, Lúcia. *Sans rancune*[16], ouviste?

E minha amiga, erguendo-se da cadeira, estendeu-me a destra, que a evocação do seu anseio de então esfriara. Eu surgi dentre as rosas que se fanavam entre as minhas mãos ardentes com uma melancolia que se devia refletir na minha face.

Acompanhei Laura até à porta e indiferentemente estendi-lhe também a minha mão, úmida e trêmula.

Roberto esperava-me na sala e, ao ver-me assim pálida e triste, ele abriu-me os braços. Joguei-me neles, mas, dentro de mim, lavrava uma suspeita que os seus beijos, as suas palavras, os seus mimos não conseguiram apagar. Quem me assegurava que Roberto não usava daquele estratagema para imperar sobre mim?

Quando o meu amigo saiu, eu mandei buscar punhados de flores e, rodeada delas, atirei-me sobre o leito, onde permaneci longas horas no meu antigo dormitar. Nem mesmo a ideia do descontentamento de Roberto logrou vencer essa minha letargia!

---

16 Em francês, sem rancor.

5 *Setembro de 1918*

O lindo e enevoado mês de setembro encontrou-me de novo lassa, abatida, enervada. Meu amigo, incansável de carinho, tenta em vão distrair-me, ressuscitar a alma que morrera dentro de mim às palavras céticas da minha amiga Laura, cujo nome eu li outro dia entre os dos passageiros do *Gelria*. Retomei os meus hábitos. Saio diariamente, exibindo-me nas casas de chá e nos cinemas, num nervosismo que as melodias sensuais das músicas destes aumentam até quase o delírio. A minha pessoa rescende violentamente e eu vivo cercada de flores trescalantes e perturbadoras. Subitamente, prostro-me, entrego-me a uma espécie de catalepsia que dura horas e que arranca de Roberto quase soluços de agonia. Tudo me é indiferente nessas ocasiões. Ontem, impassível, de olhos fechados e tendo sob as minhas narinas uma palma de angélicas, eu ouvi que murmurava: "Mas isso é um horror, meu Deus! Como curá-la desse desequilíbrio!".

E, docemente, Roberto procurou retirar de mim aquelas flores que me envenenavam assim respiradas tão de perto. Soltei um gemido tão agudo que ele hesitou... Escutei então os seus passos que se afastavam e a porta, fechando-se com estrondo, anunciou-me que ele saía.

Afundada entre os meus travesseiros, voluptuosa e satisfeita, eu me entreguei ao sono incompleto que me encanta e me mata a um só tempo.

À noite, eu tinha remorsos e, quando o meu amigo apareceu, eu lhe ofereci a minha boca, que queimava de febre, mas que eu umedecia constantemente com a saliva. Indulgente, ele me apertou contra si e me falou num tom que procurava tornar insinuante e meigo:

— Minha Lúcia, isso não pode continuar. Queres ir embora daqui comigo?

Sincera, penalizada, mas certa de que em qualquer outro lugar eu faria e seria a mesma, eu lhe disse, ocultando o meu rosto na manga do seu paletó, que manchei de pó de arroz:

— Para quê, Roberto?

Ele puxou-me, sentou-me sobre os seus joelhos e, procurando investigar-me os olhos, exclamou com imensa piedade:

— Por que mudaste, meu amor? Por que recusas obedecer-me? Não crês no meu afeto?

Eu erguera a fronte e era eu agora quem lhe analisava o olhar, olhar grave, triste e leal.

— Sim, meu querido, eu creio na tua afeição... Eu não mudei, eu continuo a ser uma enervada, é o que é...

E havia pranto na minha voz.

— Escuta — disse-lhe eu de repente —, deixa-me e segue a tua vida. Tu és tão bom e eu tão estranha. Só te dou aborrecimentos, Roberto.

Com mais força ele me estreitou contra o seu peito largo e forte e, muito carinhoso, muito suave, respondeu-me:

— Nem por um decreto eu te deixaria, minha querida! Eu te hei de curar, tu verás! E tu serás a minha mulherzinha adorada, muito obediente e saudável.

Eu ria, eu ria e eu jurava a mim mesma que nunca mais eu me entregaria à enervação do meu temperamento.

Ah! foi uma bela noite a de ontem. E quando, juntos, à janela, nós contemplamos a relativa calma que se fizera nas ruas, uma janela fronteira entreaberta chamou a minha atenção. Uma moça, toda de claro e com um vestido de interior, embalava com uma ternura que lhe divinizava o rosto uma linda criança toda loura, que lhe dava de quando em quando as mãozinhas rosadas a beijar. Com a ponta do dedo, que tremia, eu mostrei a Roberto esse grupo celestial, que me arrancou uma lágrima fria dos olhos, que se cerraram como diante de uma grande luz.

No horizonte, uma bruma espessa descia lentamente como um pano de teatro.

6 — *Outubro de 1918*

Como eu me ri ontem de manhã! E com que gesto instintivo eu procurei Roberto para que ele me ouvisse o riso claro, são e natural.

Diante de mim uma carta se estatelava aberta e as suas linhas miudinhas cortavam o papel em altos e baixos que desorientavam.

Era esta missiva de Maria Helena, já quase boa, mas sempre entregue ao seu vício de amizades excessivas. E nem a enfermeira, a branca e suave irmã Corália, lhe escapara!... Pobre Maria Helena! Mas por que rira eu tanto esta manhã? Ah! sim, eu rira porque a irmã, a pobre irmã de caridade, iludida pela ardência do afeto que lhe tributavam, imaginara ter encontrado na sua doente uma alma irmã, de anseios caritativos e desejosa de servir a Deus cuidando das suas criaturas. Numa linguagem toda mística e exaltada, Maria Helena fala-me em tomar o hábito e dedicar-se aos enfermos ao lado da sua nova amiga, a deliciosa e alva sóror Corália! Como conter uma gargalhada diante desse novo capricho da minha enervada amiga? E de que cor ficará a linda face da irmãzinha quando ela descortinar o motivo real de tanta oração, de tanta humildade, de tanta elevação moral que se baseiam simplesmente na sua formosura de mulher imaculada e jovem?

Roberto, depois de ler a carta desconexa e atormentada de Maria Helena, empurrou-a para o lado com um dedo impaciente e com um ar repugnado! Eu sorria sempre... E na minha mente sem equilíbrio o pecado sacrílego da minha camarada de colégio adquiriu logo uma auréola rosada e interessante. Os homens não perdoam às mulheres que não os consideram como indispensáveis à sua existência, pensava eu, malgrado os cuidados incessantes, a dedicação intensa e infatigável de Roberto! À menor aparição, à mais leve evocação de demências anormais, todo o meu ser se contrai para depois as receber com aconchego, com gozo. Já não sentia nenhum horror pela recente investida de Maria Helena. Não a compreendia, mas não lhe negava a minha indulgência. Se todas nós tivermos de ler pela mesma cartilha e proceder como ela ordena, o mundo será monótono!... E lembrei-me das palavras de Pedro Monteiro, que me confessava adorar as mulheres estranhas e que um vício dominava e impulsionava.

Roberto, em frente a mim, fingia ler um jornal, mas os seus olhos cor de topázio passeavam pela minha fisionomia, na inquirição do que eu meditava. Sacudi os ombros, num amuo por me ver assim observada, e ergui-me da cadeira para apanhar a carta, que, com o gesto de meu amigo, caíra no chão. Ele precipitou-se e, pegando-a, rasgou-a em mil pedaços.

Um fogo ardeu dentro de mim e senti que a minha face relampagueava de indignação e de ódio. Atirei-me a Roberto como uma fúria, mas ele, calmo e carinhoso, susteve-me o arranco e beijou-me os lábios, que tremiam.

Fui vencida e, pela primeira vez, pedi perdão a um homem do mal que lhe quisera fazer.

Minutos depois, reconciliados, almoçávamos entre sorrisos e crisântemos, flores sem perfume que Roberto não exilara da nossa casa.

À tarde, a boa Margarida, com os seus dois filhos mais velhos, um menino e uma menina, veio visitar-me. Sobre os meus joelhos, eu os retive durante muito tempo, examinando-lhes a pureza do olhar, a delicadeza das boquinhas inocentes, a pequenez dos pezinhos cor-de-rosa.

Margarida achou-me mais gorda e menos nervosa nos movimentos. Não falou em Roberto, querendo ignorar a minha situação, mas contou-me mil alegrias caseiras, os progressos do seu terceiro filho, o defluxo da sua última menina. E eu lhe prestava a atenção, interessando-me pelo seu ninho doméstico, dando-lhe ideias e, no intervalo, beijando de quando em quando as faces acetinadas dos petizes, que se sentiam muito a gosto no meu regaço. E logo que ela me participou que a sua derradeira filhinha chamar-se-ia Lúcia, eu não pude conter uma lágrima que correu sobre a minha face como a brincar. Ah! como eu tive vontade de deixar correr livremente muitas outras, diante da doçura dos gestos das duas crianças. Muito sérios e penalizados, eles procuraram os seus lencinhos microscópicos e, numa luta, encetaram a caça a essa pura linfa que desapareceu num sorriso que a engoliu... Ao escrever estas linhas, eu evoco o olhar orgulhoso e devoto com que Margarida contemplava os seus filhos encarniçados no desejo de me consolarem e toda eu tremo e sofro. Se eu tivesse um filhinho meigo e mimoso como o seu Carlinhos ou uma menina, graciosa e suave, como a sua Lavínia, certamente todas essas perturbações, essas angústias que me põem louca à cata de sensações, desapareceriam.

O olhar de Margarida quando mira os seus filhinhos encerra um mistério que eu não posso desvendar.

Há ventura ardente nesse olhar, mas há também terror, receio, humildade e imploração! Os olhos das mães! Há neles um coração que palpita, uma alma fremente, uma angústia contínua sob a forma de um olhar! E todas as mães são assim... A minha pobre lavadeira, quando me fala do seu Joãozinho, ilumina-se toda e os seus olhos pequenos e feios transfiguram-se como se recebessem uma centelha elétrica desse amor que a enche toda. Não conhecerei eu nunca esse mais belo sentimento da mulher, eu, que até hoje só tenho vivido de sensações?

Quando a minha amiga partiu, eu fiquei longamente a mirar o tapete da minha salinha. Quando Roberto chegou, enlanguescida mas esperançosa, eu lhe narrei as minhas impressões do dia. E Roberto abraçou-me, beijando-me na testa com uma meiguice nova e que me soube como uma promessa.

7 *Meados de outubro de 1918*

Só se fala na guerra europeia e Roberto, o meu doce amigo, o mais pacifista dos homens, entrou para uma linha de tiro. Disse-me ele que era do seu dever aprontar-se para a luta, se nós tivéssemos de entrar nela.

Foi esta tarde que ele me deu parte dessa sua resolução e agora, sem sono e agitada, eu deixei a cama para escrever estas linhas que talvez me acalmem.

Ao traçar estas palavras, eu irrompi em lágrimas e um espanto as seca sobre o meu rosto. Eu, Lúcia, a mais indiferente das criaturas, choro por alguém, temerá pela vida de um homem, se efetivamente uma guerra se travar entre o Brasil e a Alemanha!

Como me parece longe o tempo em que a ideia da batalha me trazia à mente uma multidão de oficiais e de soldados, todos muito elegantes e sugestivos nas suas fardas, debaixo dos seus galões dourados, manejando garbosamente uma grande espingarda, debruçando-se atrás de um canhão reluzente ou montando um cavalo de couraceiro, lindo de estampa e fogoso de esgares! Roberto terá mudado a minha alma, que já se comove por causas mais graves do que o *flirt*, a *toilette*, os perfumes? Fala-se em mobilização, envios de homens a este *front* europeu, que hoje me causa terror e agonias, como se estivesse muito perto de mim e como se enxergasse nele o meu amante exposto ao fogo dos terríveis boches que com tantos calafrios eu evoco! Há um mês partiu a nossa esquadra para policiar uma zona de guerra e eu fui assistir a essa triste partida com os olhos secos e maravilhados pela solenidade de um desatracar marítimo a que eu assistia pela primeira vez. Em torno de mim, mulheres e crianças de todas as classes sociais choravam, lamentavam-se, imploravam Deus. Eu, alheia a tudo, mirava somente a beleza do dia, o céu claro, o marulhar infantil do oceano tão grandioso e achava lindo um oficial de marinha que, na proa do *Bahia*, saiu em direção à nossa barra.

Com olhar sempre fito em mim, o formoso oficial conservou-se no seu lugar como uma estátua em que só os olhos e a face mexessem. Pouco a pouco, o ponto negro que o fazia distinguir foi-se anulando entre as brumas do horizonte, mas eu, com o coração a bater, parecia vê-lo ainda. Quem seria este jovem que assim volta ao meu pensamento numa hora em que eu tremo por meu amigo! Estará ele ainda vivo no meio dessa hecatombe de brasileiros sucedida em Dakar? Pobre criança de olhos verdes que, da proa do seu navio de guerra, num momento em que se ia expor à morte, contemplava tão enlevadamente uma desconhecida esbelta e elegante, com cujas saias o vento brincava! Onde estarás tu? No cemitério branco da África ou no fundo das areias do oceano escaldante desse horrendo país ou amarrado a alguma tábua verde de musgo, como os teus olhos de amor? Nem sequer lhe sei o nome para indagar do seu paradeiro! Sonho, ele desapareceu entre as sombras do dia!

Mas o que me aterra nessa ocasião é o medo que Roberto parta e não volte mais!

Nasceu em mim uma necessidade de ser protegida que me torna de novo obediente e submissa a suas ordens. O Rio de Janeiro está militarizado e só se fala em guerra, em partidas, em mobilizações.

Deus meu! Se Roberto parte, que será de mim?

Abandonaram-me minha pouca força de ânimo, a minha valentia feita de egoísmo, a minha calma orgulhosa, que dispensava o devotamento, o apoio, o carinho! Ah! Jesus, meu Jesus, como está sem efeito para mim o *"je m'en fiche"* francês, que eu dizia a todo instante, como se a minha alma transbordasse de indiferença.

Pouso a pena e olho a noite! Que palpitar no céu e que silêncio na rua! As estrelas piscam incansavelmente e, de minuto a minuto, uma risca o firmamento como em fuga. Os morros acachapam-se no horizonte envolvidos no véu das brumas e as casas, como fisionomias erradas, tornam-se antipáticas.

Um choro de criança faz-se ouvir no vizinho e logo um canto materno, doce como o sussurro de um beijo, o apazigua. Num vaso ao meu lado, os crisântemos desencrespam-se ao calor da lâmpada elétrica e eu pergunto a mim mesma por que estou tão só...

Uma chave range na fechadura e, enquadrado pelo umbral da porta, Roberto, grande, forte, com a sua chama de bondade nos olhos amarelos, aparece. Num grito ergo-me da cadeira e corro a ele. Com os braços em torno do seu pescoço que cheira a saúde eu lhe digo alto, muito alto, escondendo os meus olhos molhados de pranto de alegria na onda da sua cabeleira espessa:

— Oh! meu amor, eu te juro que eu te amo!

E eu era sincera..

Vim acabar estas linhas tendo deixado Roberto a dormir na minha cama sob o meu dossel cor-de-rosa, que esparge no meu aposento uma luz de alvorada.

Calafrienta, mas feliz, eu escrevo rapidamente. Uma chama alvadia lambe agora um canto do horizonte e os astros da noite recolhem-se atrás da gaze pura da madrugada que desponta...

Embrulho-me mais estreitamente no meu penteador de flanela e largo a pena sentindo surgir em mim uma alma radiosa como esta aurora que os raios de sol tocam e colorem.

Eu vou dormir na plenitude da minha ressurreição.

8   *Fins de outubro de 1918*

Roberto delira a meu lado, atacado da infernal gripe que dizima a nossa população! O dr. Armando Lins chamado, diagnosticou grave o seu estado e eu não o deixo um só minuto. Há quatro dias que não me deito e nem sequer me olho ao espelho para avaliar do estrago causado no meu rosto por tantas insônias e preocupações.

Eu desconhecia ainda esses arrancos da alma junto a um doente querido, a ânsia da interrogação que nos finca os olhos nos seus olhos cerrados e no seu peito arfante. O meu cabelo cai em desordem sobre o meu pescoço fatigado de tanto se curvar sobre Roberto, na angústia de lhe divisar no rosto uma piora qualquer.

As minhas unhas não estão feitas e eu envergo um *peignoir*, sem cogitar do seu feitio, nem da transparência das suas rendas. Eu sou a enfermeira, a doce e ardente enfermeira que sente a sua vida suspensa e dependente da do seu enfermo adorado!

O dr. Armando disse-me hoje: "Que devotada criatura a dona Lúcia tem sido!". E nunca eu saboreei tanto um elogio como este que o médico me serviu! Durante as vigílias noturnas, ouvindo as frases delirantes do meu pobre amigo ou os seus abafados gemidos, eu sofro agoniadamente.

E tudo em torno de mim aumenta esse sofrer.

De repente, ouço o tinir estridente da Assistência a atravessar as ruas desertas, o choro da vizinha que perdeu a mãe, o canto entrecortado de lágrimas da moça que embala a criancinha cor-de-rosa e que treme por sua vida.

A cozinheira, esta manhã, aparvalhada e tendo perdido com o susto a sua bela cor de azeviche, contou-me que achara junto à nossa porta um cadáver estirado, tendo como único acompanhamento dois círios amarelos e bruxuleantes à claridade do dia. E numa sufocação, que lhe arregaçava os grossos lábios arroxeados, ela continuou a descrever-me o seu encontro com uma carroça cheia "até a boca" de homens e mulheres mortos, atirados uns sobre os outros, em atitudes caricatas e sinistras, de dentes descobertos e olhos revirados. E, enquanto ela, suspirando e gemendo, narrava-me esses pavorosos episódios, nós ouvimos o sino macabro da Assistência, que corria em socorro dos atingidos pela epidemia horrenda e o ruído das rodas do caminhão, que conduzia ao cemitério uma multidão de seres, que mais se assemelhavam a animais na desordem das suas posturas e no abandono do seu último sono. Com que febre de horror eu me atirei à janela para fechá-la sobre essa lúgubre visão! Ah! Deus meu! Se Roberto morre e se assim tão lugubremente ele parte para longe de mim! E, pé ante pé, eu me dirijo ao seu leito, onde ele continua a murmurar baixinho palavras entrecortadas, em que eu ouço pronunciar o nome de Lúcia com uma expressão estranha que me corta o coração!

Meia-noite. O médico acaba de partir e de verificar uma pequena melhora no meu amante. Ajoelhada diante da minha Virgem, desguarnecida de flores, eu orei, eu roguei a sua intercessão. Lá fora, sempre o rodar incessante do carro de socorro, lúgubre, tétrico, na trepidação da sua campainha.

A lua aparece vermelha e rodeada de um imenso halo escarlate, que a avoluma e a transforma numa bola ameaçadora de sangue e de horror. E o seu clarão sinistro entra pela minha janela e alastra-se sobre o meu tapete... Na rua, os barulhos esquisitos e evocadores de sucessos terríveis sucedem-se ininterruptos... Pessoas falam em voz alta, lamentam-se, imploram a Deus, enquanto se ouve o chocalhar opaco dos caixões que se desmoronam. Numa casa fronteira, há um defunto que dorme a sua derradeira noite, no seu lar, cercado da família que o mira entre compungida e aterrada.

Subitamente, escuto um tropel, chamo a Gertrudes e ambas nós, ocultas pelas cortinas, vemos uns homens de gestos sinistros e rostos lívidos de terror depositarem sobre a calçada um morto, que nela se estira como definitivamente instalado. E, em seguida, um segundo e um terceiro vêm deitar-se fraternalmente a seu lado. Uma atmosfera de pavor reina sobre a cidade, pois as luzes já não se apagam nos domicílios e, na espera do abraço fatal, todos se entreolham, na indagação de quem seguirá em primeiro lugar no comboio da morte. A moça de frente, agora sempre com pranto na voz, embala o filhinho, que empalidece com a febre que o atacou esta manhã, e leio no seu olhar uma angústia tão profunda que estremeço. A vizinha, que chorava a mãe tão perdidamente, partiu hoje no negro caminhão que leva os mortos de cambulhada...

Um sino badala ao longe... Que será? Terá algum frade falecido? Respiro o ar da noite, um ar impregnado de relentos acres, de antissépticos repugnantes, de podridões escondidas.

Gertrudes suspira a meu lado e eu, contemplando o firmamento sobre o qual a lua plana como um pavilhão sanguinolento, tenho medo de morrer, eu que ainda não vivi! O meu olhar, porém, desce à terra e, encontrando a figura da rapariga que beija o filhinho, que lhe estende ainda as febris mãozinhas cor de flor, uma esperança renasce no meu seio. Empurro Gertrudes e cerro de novo a janela. O ar esfriou... Vou encostar-me junto à cama de Roberto e cochilar até que o dia surja com o seu cortejo de novas dores, de novas mortes ou de novos anseios e de novas ressurreições.

Cinco horas da madrugada. Despertei com a voz clara de Roberto chamando por mim. Ponho-lhe o termômetro e verifico que a febre cessou. Deus seja louvado! Num tom fraco, ele me pede um pouco de água, que eu lhe dou com as mãos a tremerem de emoção. Meu amigo nada me diz, mas eu leio nos seus olhos cor de pedras preciosas uma infinita gratidão.

Os vidros da janela clareiam-se de uma luz lívida, que entristece. O meu coração, porém, boia na alegria. Experimento uma imensa fadiga repentina e uma vertigem tomar-me a cabeça.

Minhas mãos escaldam e eu sinto frio...

Estarei com a gripe? Meu Deus! Salva-me!

Ainda tenho tempo de ouvir uns soluços agoniados de mulher. Serão eles da moça que beijava as mãos rosadas do seu único filhinho? Terá ele voado para o grupo de anjos que cercam o Senhor? Meu Deus, tende compaixão de nós!

9 *Fins de novembro de 1918*

Há um mês que não escrevo. Vi a morte de perto e, ao encontrar Roberto a meu lado, logo que abri os olhos à vida, imaginei que me tinha reunido a ele nesse mundo de além, que eu ignoro onde seja, e no qual só hoje penso. Meu primeiro pedido foi que me dessem um espelho e, ao encontrar-me com as faces cavadas, os olhos cercados de olheiras roxas e o cabelo com duas cores, estremeci e chorei...

Achei-me envelhecida, feia, inferior, mas o beijo do meu amigo, um beijo quente como uma chama de incenso, consolou-me e impediu-me que eu suplicasse a minha caixinha de *rouge*, o meu *henné* imprescindível e a minha bola de arminho cheia de pó de arroz. Os olhos de Roberto gritaram tão alto a sua ardente satisfação por me ver livre de perigo que, lânguida, sem mais pensar e venturosa, eu me deixei cair sobre os travesseiros, tendo uma das minhas mãos entre as dele.

Uma vez sozinha com Gertrudes, esta contou-me com que abnegação Roberto tratou de mim, olvidando a sua recente enfermidade, a ameaça de uma recaída que havia para ele em erguer-se antes do tempo do leito confortável.

Eu estou plenamente convencida hoje que entro de novo na existência, que este homem grande de alma e forte de corpo exerce sobre mim um domínio poderoso e que ele me arrancara da lama em que eu patinava. Um raio de sol peneirado pelos reposteiros semicerrados beija a minha mão tão pálida que lembra uma côncava pétala de magnólia. Sem febre, eu me estendo entre os meus lençóis rendados e fecho os olhos, experimentando uma deliciosa sensação de bem-estar. Ouço passos e, entre os meus cílios crespos, avisto Roberto, que me fita com atenção. Sorrio docemente e recebo um profundo olhar amoroso.

Ele traz consigo um jornal que balança hesitante entre as mãos. Compreendo que ele me quer falar e, aprumando-me melhor, com um ar de contentamento que acende um brilho nos meus olhos cinzentos, eu lhe faço um sinal para que se sente a meu lado. Tento tomar-lhe o jornal, mas ele resiste e, então, eu adivinho que nessa folha de papel há alguma coisa que me diz respeito.

— Que é? — indago eu com a mais meiga das minhas entonações.

— Nada — responde-me meu amigo e, pela sua voz, eu sinto a mentira passar.

— Eu já estou curada, meu querido. Diga-me, eu te peço, o que há nesse jornal que não me queres mostrar. A ânsia de adivinhar, de investigar o que me ocultas, cansar-me-á mais do que a simples notícia.

Leio nos traços de Roberto uma luta tremenda, entre o medo de que alguém me dê a informação que ele me nega, e o receio de m'a servir ele próprio. A sua vontade desfalece e eu, aproveitando dessa queda de energia, arranco-lhe o periódico e mergulho o meu olhar agudo na primeira página que grossas letras e retratos encimam. A minha surpresa é imensa encontrando a fotografia do meu marido. Entendo logo tudo e um gritinho histérico foge-me dos lábios. Meu amigo aperta-me contra ele e eu só lhe posso perguntar com a voz subitamente rouca:

— Júlio morreu de gripe, não? Pobre! Pobre!

E uma lágrima desliza sobre a minha face sem cor e sem calor.

— Minha filhinha — exclama Roberto, tomando-me nos braços como uma criança —, não te aflijas! Tem coragem! Não vás piorar, eu te peço!

E a fisionomia ansiada de meu amigo restitui-me o sangue-frio. Calamo-nos um momento, eu, contra o seu peito e ele enlaçando-me ternamente. Numa visão, eu rememorava o meu noivado de tangos e maxixes, o meu casamento sensacional, os nossos primeiros dias em Teresópolis, nosso aborrecimento mútuo, e, logo, a nossa incompatibilidade de caracteres. Ai se fosse Roberto o meu iniciador na vida, o meu companheiro de existência, o meu senhor e o meu amado, certamente eu não teria procurado em tantas aventuras e ingerindo tantos dissolventes tóxicos uma felicidade que, cada dia, se distanciava mais de mim.

Tudo isso eu lhe disse, encostando no seu rosto, que uma barba malfeita cobria, a minha boca ainda seca e feriada de febre.

— Serás minha esposa, Lúcia — disse-me o meu amante baixinho como se rezasse. — Abandonaremos, por um tempo, o Rio e compreenderás que a ventura está na monotonia do amor, ouviste?

Ah! Meu Jesus, como eu o ouvia e como eu o bendizia! A minha Nossa Senhora recebeu de mim um olhar de gratidão infinita e, como em resposta, do céu desceu a mim uma chama ensolada que me esquentou e me coloriu as faces. Sim. Sim, a verdadeira felicidade consiste em ressentir e em inspirar um amor único e forte, feito de dedicação, de estima, de solidariedade. O resto são guloseimas amorosas e estragam o paladar do coração.

Que noite eu vou dormir e como, mesmo em sonhos, eu serei feliz!

Mas pobre Júlio! Afinal a nossa ventura baseia-se sempre na desgraça de um outro ente! As regras da vida são assim constituídas para o equilíbrio e para a sua perfeição que a nós parece imperfeita.

A tarde morre no firmamento e eu revivo na terra. Escuto um canto feminino embalando uma criança e uma risada infantil ecoa no silêncio vespertino como protestando contra o sono a que a querem sujeitar.

Ah! reconheço a cantiga da moça da frente e o riso do menino das mãozinhas cor-de-rosa. Deus seja louvado! Ele vive para que a sua mãezinha não chore todo o resto da sua vida!

10 *Princípios de dezembro de 1918*

Estou completamente curada, embora sinta ainda uma languidez extrema e uma repugnância enorme pelos alimentos. Nauseiam-me igualmente os perfumes e detesto hoje as flores que outrora eu adorava. O dr. Armando Lins vem visitar-me esta manhã pela última vez.

Roberto trata-me como uma noiva adorada, como uma irmã estremecida. Está radioso por poder casar comigo e, de quando em quando, prende-me a cabeça entre as mãos e beija-me os olhos, murmurando suavemente:

— Minha mulherzinha de olhos de gata apaixonada!

E eu rio-me, rio-me a perder... Como é boa essa ventura real e como eu a saboreio com doçura e ardor a um só tempo!

Meio-dia — Meu Deus! como escrever o que me acontece? Como dizê-lo a Roberto? O dr. Armando declarou-me que dentro de sete meses eu serei mãe de um garoto ou de uma *gamine*[17] que estenderão aos meus lábios as suas mãozinhas cor-de-rosa! Estirada sobre a minha *chaise-longue*, num doce ardor que me colore as faces e me alarga o olhar, eu penso no que vai ser a minha vida junto a um marido como Roberto e, tendo entre nós o laço forte e delicado de uma criança feita do nosso sangue, dos nossos enlaces... Minhas pupilas claras pousaram-se longamente no meu ventre e eu o acariciei como uma arca sagrada que encerrasse um tesouro. Oh! como eu me vou cuidar e com que religião assistirei ao desabrochar em mim de um outro ser! Gertrudes, a quem eu já contei tudo, inclinou-se para mim e beijou-me a destra com um carinho e um respeito que nunca ela me manifestou, mesmo nas piores horas da minha vida. E, agora, como uma beata em êxtase, eu adoro e penso nesse mistério que, dentro de mim, se realiza. Tudo me é indiferente hoje: as *toilettes*, os elogios, a minha beleza, os amores. Eu só penso

---

17 Em francês, garota, menina.

nesse ente que já existe e palpita no fundo do meu íntimo e a quem amo com uma ternura inquieta e apaixonada que ignorava poder experimentar. Uma nova personalidade desperta, ardente e suave, nesse meu cérebro que só se agitava e vibrava por sensações superficiais e doentias. "Meu filho!", exclamei em alta voz, saboreando o efeito que eu sentiria em murmurar esse nome maravilhoso que contém nos seus sons todo um poema de amor, de dedicação, de estremecimentos!... Eu evoquei essa criança que me vem salvar, como os cristãos evocavam aquele pequenino Jesus que, vindo ao mundo por uma estrelada noite de Natal, morreu depois sobre uma cruz negra, vítima de sua tentativa de arrancar toda uma humanidade do abismo da malvadez e da impiedade.

E minhas mãos, abandonando o meu ventre fecundo, uniram-se para uma prece, cujas palavras desordenadas, mas impregnadas de fervor, suplicavam a esse Jesus pequenino protegesse essa outra criança que surgia no meu ventre! Quanto tempo passei eu nesse turbilhão de atos e de fremências, que morriam e renasciam das próprias cinzas?

Eu me senti mãe e mãe extremosa, nesse movimento de amor e de receio que me fez curvar a cabeça diante desse Deus que eu ofendi tanto, mas em cuja misericórdia eu creio porque ele me abençoou o ventre!

Mas Roberto não chega e eu não sossego na ânsia de lhe dar essa notícia que me fornecerá, pelo que eu ler nos seus olhos amarelos, mais uma verdade sobre a grandeza do seu afeto por mim.

Ouço passos apressados na escada, e a porta abre-se... Pouso a pena e espero o meu amante que breve será meu esposo.

11 *Natal de 1918*

Tenho vivido num sonho magnífico... Roberto adora-me e prostra-se diante de mim como um crente em frente a um tabernáculo. Sofro muito, mas amo esse sofrimento que resgatará a minha existência passada e dará à luz do mundo um ente saído das minhas entranhas e concebido entre dores e gemidos. Meu amigo enche-me de presentes e o enxoval dessa criança, que me redime de todos os meus pecados, já se acha entre fitas e rendas, na gaveta do meu armário de pau-rosa. Todavia, desde ontem, eu leio no rosto de Roberto uma preocupação que ele quer ocultar. Eu conheço tão bem essa fisionomia franca e leal que a menor nuvem sobre ela atrai a minha atenção.

Anteontem, Maria Helena tentou invadir-me a sala onde eu assisto jubilosamente a esse desdobramento do meu organismo. Roberto, num tom de chefe e de marido que eu não lhe ouvira nunca, negou-lhe a entrada desse santuário, como ele chama à nossa salinha. E eu submeti-me à sua vontade sem um anseio, sem uma irritação. Como eu estou mudada!

Em torno de mim, por esse dia de festa, reina uma atmosfera de calma e de afeto que me entorpece, de bem-estar físico e de ventura moral.

Espero a visita de Margarida, que me trará os seus filhinhos a beijar. Os sinos badalam lá fora, e da cozinha vem um perfume gostoso do bolo que Gertrudes está a preparar para mim.

Mas que terá Roberto para que um ar de melancolia lhe empane o brilho da face cheia de bondade e de saúde? Vou chamá-lo e ele me confessará tudo. Eu lhe pedirei que o faça em nome do nosso filho. E qual o pai que ousará negar alguma coisa à mãe de um ser do seu sangue e da sua carne?

2 horas da tarde

Roberto contou-me tudo entre beijos e lágrimas que lhe arrebentavam dos olhos que se avermelhavam de desespero contido. Júlio não morreu. E eu não posso desprezar o pai desse meu filho que já se agita no meu ventre. Entretanto, por que não confessar aqui, neste papel, que talvez ninguém leia, a minha relativa indiferença por essa falha de nosso programa. Não nos poderemos casar, mas que importa isso se, bem unidos e bem felizes, nós vamos viver todos os três numa fusão divinal, cujo *pivot* será essa criança que encerra um pouco da nossa alma e do nosso corpo.

E, depois, soube ainda agora por uma telefonada que Magdalena desposa o seu *chauffeur* Frederico e essa notícia, chegada aos meus ouvidos ao mesmo instante em que eu reconheço a impossibilidade de me unir pela lei ao homem bom e generoso que é Roberto, retira desse desgosto toda a amargura que essa renúncia me causaria, talvez. Afinal, matrimônio é uma velha palavra que, contendo um símbolo de eternidade como a morte, recebe dela um tom negro e sinistro que me apavora. Já me casei uma vez e verifiquei que o casamento, sem o amor e o respeito, não passa de uma farsa grotesca ou trágica.

Dizendo isso a Roberto, sinto que o acalmava e lhe restituía a serenidade.

Que importância tem que sejamos casados ou não, se nos adoramos e se nos reunimos em torno do nosso filho, que criaremos no respeito e no amor dos seus pais? E, lembrando-me da minha frase predileta, murmuro-a com a audácia e a sinceridade que hoje me enchem a alma para o bem: *"je m'en fiche!"*[18]. E como para me aprovar, o meu velho e desdentado Vice late três vezes, mirando-me ternamente, a mim ou ao bolo cheiroso que espera, a meu lado, pelo meu apetite.

Sim: *"je m'en fiche!"*.

---

18 Em francês, "pouco me importo!".

Posfácio
Beatriz Resende

> Mas também vocês só falam em amores,
> em cocaínas, [...] em moléstias...

AS MALCOMPORTADAS MOÇAS DOS ANOS 1920

Enervadas é romance de 1922, escrito pela autora carioca cujo pomposo e elitista nome, Cecília Moncorvo Bandeira de Melo Vasconcelos (1870-1948), foi substituído pelo pseudônimo Mme. Chrysanthème ou, simplesmente, Chrysanthème, nome com que assina sua vasta produção literária: romances, escritos como jornalista, estudos sobre a sociedade brasileira. Como Chrysanthème, também enfrenta polêmicas com seus pares masculinos ou aparece para a sociedade pensante do Rio de Janeiro na então prestigiada prática das conferências.

Chrysanthème vem de importante escola literária e de reflexão sobre o papel da mulher na sociedade e em casa: é filha de Emília Moncorvo Bandeira de Melo, a prestigiada Carmen Dolores, pseudônimo escolhido, ainda que eventualmente assinasse também com Leonal Sampaio, uma das pioneiras da escrita de mulheres no Brasil.

Devido aos estudos contemporâneos de história literária e à vertente da crítica literária preocupada com as escritoras feministas, Carmen Dolores aparece mais frequentemente nas pesquisas e estudos contemporâneos. O cânone não conseguiu sepultar sobretudo a importante cronista que substituiu Machado de Assis em *O Paiz*, e era considerada, ao morrer, a mais bem paga de nossa imprensa. Seu livro de contos, *Gradações,* já foi várias vezes republicado.

Chrysanthème, bem mais provocativa, publicou mais, durante mais tempo, porém enfrentou também maiores dificuldades, oposições, críticas e, o pior de tudo, o silêncio imposto pelo cânone, que, no século XX, é o cânone modernista. O sucesso do movimento modernista entre nós fez com que toda uma literatura fosse ignorada. Agrava a situação a importante participação da escritora na redação de *O Mundo Literário*, periódico dirigido por Théo-
-Filho e Pereira da Silva, editado pela mesma editora-

-livraria Leite Ribeiro por onde saíam os livros de Chrysanthème. O periódico mensal sai no mesmo ano da Semana de Arte Moderna, em São Paulo, e logo se posiciona criticamente em relação ao movimento.

No caso de Chrysanthème, colaborou também todo um conservadorismo em torno dos costumes que dominou sobretudo o literariamente ousado e sexualmente casto modernismo, em especial o paulista.

O pseudônimo já soa provocativo: *Chrysanthème* é o título de uma novela muito popular de Pierre Loti (1887), transformada em ópera com música de André Messager, a qual, mais tarde, inspirou a famosa ópera *Madame Butterfly*, de Puccini (1904). A novela de Loti dá o mote que serve aos seguidores: a sedução de um homem por uma gueixa, com sua inerente subserviência, espalhando flores pela casa, e que precisa ser deixada de lado pelo homem que deve cumprir o papel que a sociedade espera dele. Em *Enervadas*, nem as flores são inocentes; servem para aguçar os sentidos e estimular os que lhes respiram o perfume.

O romance de Loti apresenta o contrário das mulheres de nossa Cecília Bandeira de Melo e sua permanente independência e coragem de enfrentar a sociedade na capital de um país onde as mulheres só teriam direito ao voto em 1932 — mesmo assim de forma parcial, já que só era permitido às mulheres casadas com autorização dos maridos e às viúvas e solteiras que tivessem renda própria.

O mais duro em relação a *Enervadas* é o que venho obsessivamente identificando como recusa do cânone à "literatura art-déco" e que atinge especialmente Mme. Chrysanthème, Théo-Filho (autor, entre outros, do importante *Ídolos de barro* e do republicado *Praia de Ipanema*) e mesmo Benjamim Costallat, que começa a ser retomado.

Essa recusa, o ostracismo, o banimento das bibliotecas particulares e públicas de obras que foram best-sellers entre os anos 1920 e 1930, chegando a vender em torno de 50 mil, 70 mil exemplares, tem várias razões.

Primeiro, as dificuldades impostas pela sociedade letrada daquele momento, hipocritamente moralista, religiosa, elite que detesta qualquer diferença, ainda que se divirta como os excêntricos, as amantes e as prostitutas. A "Liga da Moralidade" era atenta e prestigiada. Foi esta a responsável por um caso raro de censura de livro no Brasil, o recolhimento de *Mlle. Cinema*, escrito por Costallat em 1923, logo depois de *Enervadas*. Como aconteceu em outras ocasiões, o tiro saiu pela culatra, e o livro vendeu como nunca. No entanto, exemplares de tais livros não foram incorporados a bibliotecas particulares, como as doadas a várias instituições que poderiam abrigá-los.

Se à literatura masculina tais dificuldades se impunham, o que se dirá da feminina ou, mais grave ainda, de uma escritora feminista. A independência de autoras como Chrysanthème certamente agravava a situação.

Em todas as suas manifestações, a independência parecia ser requisito primordial. A autora chega a afirmar, a propósito de seu romance *O que os outros não veem* (1928), em movimento contrário ao processo editorial da época:

> Nenhum dos meus livros contém sequer um arremedo de prefácio escrito por mim ou pelos outros. Nunca me acudiu ao cérebro a ideia de procurar um padrinho ou apresentador para as minhas produções literárias. [...] E, também, jamais me arrependi de assim proceder, sendo, entretanto, uma mulher sozinha entre um exército de escritores, de críticos, de rivais e de... inimigos![1]

Entre esses rivais ou críticos estava Humberto de Campos, que escreve sobre o mesmo romance da colega:

---

1 Citações tiradas do artigo "Chrysanthème: perspectivas histórico-literárias na Belle Époque brasileira", de José Pedro Toniosso e Mariângela Alonso, acessível no site: https://goo.gl/ypQmTb.

Conhecedora da vida e da sociedade em que respira e se move, a sra. Chrysanthème poderá fornecer às letras brasileiras excelentes romances de observação. Basta que se proponha escrever mais sossegadamente e pondo em cena personagens pouco mais asseados de língua. *O que os outros não veem* foi escrito, evidentemente, mais para efeito moral que literário. Teria conseguido seu objetivo acendendo nas mulheres o ódio ao homem? Eu não creio.[2]

É curioso notar que, justamente a essas alturas, Humberto de Campos, sob o pseudônimo de Conselheiro x, dirigia a revista erótica *A Maçã*, na qual textos *apimentados* conviviam com caprichosas imagens de mulheres de peitos de fora ou com fantasias provocantes. Quando *A Maçã* é ameaçada de ser *empastelada* pela polícia, o escritor Lima Barreto, em 11 de março de 1922, sai em defesa de Humberto de Campos protestando em nome da liberdade de pensamento.

Voltemos ao nosso divertido *Enervadas*.

A cópia do romance, nunca republicado, que deu origem a esta publicação da editora Carambaia foi obtida no Real Gabinete Português de Leitura. Na

---

2 Idem.

ocasião, mesmo o volume mencionado no catálogo da Biblioteca Nacional encontrava-se desaparecido.

Vejamos como está presente em *Enervadas* esse espírito de tempo que aparece em diversas formas dessa que foi considerada "arte decorativa" e foi tão cara aos cariocas nos anos 1920. A influência francesa é evidente, no vocabulário, no gosto, na moda e, é bom dizer, no comportamento de seus personagens. O curioso é que os romances franceses, que na *Belle Époque* encantaram os leitores mostrando a vida privada de seus personagens com seus encantos e *pecados*, permaneceram ocupando o lugar que mereciam. Edmund Wilson, em *Os anos 20* e em outras obras, mostra bem o fascínio que a vida livre dos franceses exerciasobre os intelectuais americanos. Entre nós a literatura, sobretudo da primeira década de 1900, foi ou abandonada ou, no caso de obras inegavelmente decisivas e reconhecidas como importantes para o entendimento do Brasil patriarcal, racista, classista e preconceituoso, relegada à categoria não identificadora de pré-modernistas. Aqueles que eram sem ser.

Lúcia, a jovem e bela personagem principal que domina toda a narrativa destinada a registrar sua experiência de vida, é cedo diagnosticada como uma *enervada* por charmoso médico, antenado com os tempos de então.

Eu sou, então, uma "enervada"; e tudo isso que me atormenta de dia e de noite, esse atropelo de pensamentos, essa ânsia de gozar a vida, de não perder um bom pedacinho dela, de amar exaltadamente, de aborrecer depois fastidiosamente o que ontem eu adorava, serão os sintomas dessa moléstia que me atacou sem que eu lhe soubesse o nome?

Com seus vestidos ultramodernos, a moça se via como a personagem admirável a cuja vida confortável nada faltava.

Esbelta, alta, de rosto fino, olhos perversos, em toda eu transpira o anseio louco de ser admirada, desejada e de sentir bem nos lábios, que uma macia e rósea polpa forra, todo o sabor gostoso da vida.

O que torna a narrativa especialmente interessante são as amigas que cercam nossa enervada. Nenhum preconceito, nenhuma vontade de fixar modelos, mas um companheirismo tolerante e um quase fascínio pelas diferenças que cada uma guardava. Sem mãe, agarrada apenas à "criada preta que cuidava de mim", com um pai dedicado mas fechado em seu mundo, as moças, à moda das *garçonnes* parisienses nos *années folles*, descobriam juntas a vida que tinham pela frente e que os caricaturistas, em especial J. Carlos, o criador da Melindrosa, levavam para as famosas e tão lidas revistas ilustradas.

Formavam o grupo:

Maria Helena, lésbica, capaz de seduzir ou ser seduzida até por uma freirinha. Detestava os rapazes, maldizendo-os. Vai aos poucos adotando um visual um tanto híbrido, com calças compridas — importante conquista feminina — e os cabelos curtos comuns a jovens homens e mulheres.

A *histérica* Laura, bem ao contrário, separada de um marido tolo, corrupto e mentiroso, não se acanhava em contar suas conquistas amorosas sempre excitantes, nas quais um homem era substituído por outro a cada semana.

Magdalena Fragoso, "bela, de uma beleza de flor doente", começa picando-se com morfina, o que não parecia nada de mais para quem lera *Les Paradis artificiels*, de Baudelaire. Mas logo considera a morfina brincadeira de criança e passa à cocaína, sempre na ponta do lenço de rendado. (Cabe aqui lembrar que as tentativas de proibição da cocaína, vendida nas farmácias, começam em 1921. A repressão ao comércio de entorpecentes recrudesce em 1928.)

De tal modo o grupo é eclético, pouco preocupado com censuras e diferenças, que inclui a amizade de Margarida, a gorda e feliz mãe de muitos filhos, amiga fiel.

Ao chegar o momento do casamento, o companheiro ideal daquela amante de prazeres e diversões, que circulava pelo Rio de Janeiro que se queria Paris, a cidade cartão-postal, liberal, de vocação cosmopolita desde o Império, quando, pela presença aqui da família real, sendo colônia, foi capital de um Império, teria que ser também ele um homem da moda.

A dança de salão, o *shimmy*, o foxtrote são as grandes ocupações de Júlio, cujas vaidades são sustentadas por um emprego público. É Lúcia quem lhe apresenta os dotes que decidem a escolha:

> Júlio pareceu-me uma mulher disfarçada, mas a finura da sua cútis que uma leve camada de pó de arroz cobria, a sua boca fresca de dentes sãos, que lembravam os do meu *loulou* todo branco e ouro que eu apelidara *Vice* [vício] para desconcertar as minhas tias, fizeram com que eu simpatizasse com ele.

Ser companheiro das festas e eventos distraídos parece ser requisito para um casamento divertido que levasse para o casarão a alegria da cidade já movimentada pelos *fonfons* dos automóveis que começavam a circular.

Mas não foi. O casamento acaba, mas os amores continuam.

Nossa enervada, porém, está muito longe de ser uma tola. Os políticos, todos homens, a enojam. A corrupção, a exibição mundana que incluía ter ao lado nos *footings* pela Avenida uma jovem mulher, a dominação machista e a impotência das mulheres reduzidas a governantes ou bibelôs, tudo isso está presente no romance que, mais do que nunca, merece ser relido. A impossibilidade de refazer a vida depois do casamento infeliz soa-lhe já hipócrita, condenando sobretudo as mulheres a situações vexatórias e humilhantes. O patriarcalismo da sociedade que se apresentava como religiosa e defensora dos falsos hábitos familiares é fortemente combatido na denúncia dos desmandos e arbítrio de políticos conservadores que somente nos anos 1970 iriam permitir que fosse legítimo, perante a lei, o divórcio seguido por outro casamento, com todos os efeitos, inclusive sobre os filhos, que tal mudança de jurisdição acarretava.

Num momento em que diversas lutas pela liberdade individual estão sendo travadas, algumas com certas vitórias, outras ainda mortalmente atacadas, momento em que não apenas as feministas, mas os representantes de todas as manifestações de gênero e práticas sexuais buscam fazer com que suas vozes sejam realmente ouvidas, vale a pena retomar o que nos diz, em 1922, nossa Chrysanthème:

> As nossas leis esquecem o progresso do mundo e o novo papel da mulher na sociedade e no universo, papel em

que ela se mostrou mais corajosa, mais inteligente e mais útil do que os homens.

Mas para que gritar quando os que nos regem se calam!

No momento em que *Enervadas* volta a circular, oferecendo-se a leitores e críticos de outro momento, vale torcer para que o conjunto da obra da autora possa ser reapreciado.

A produção de Chrysanthème é vasta e diversa, mas chama atenção sua importância e frequência na primeira década do século XX. Em 1923, publica *Uma paixão*; em 1924, são dois os romances lançados: *Mãe* e *Memórias de um patife aposentado*. Este último, também bastante crítico da sociedade hipócrita da República Velha, propõe ainda uma reflexão sobre a questão da autoria e as formas que pode tomar. Assim começa o romance:

Quem eu não sou.
É claro que o meu nome não é Serapião Gomes. Mas, certamente, eu, que tenho atrás de mim um período de vinte anos de patifaria com o único escopo de construir um nome honrado e uma reputação consolidada, não iria agora, simplesmente movido por uma tola vaidade literária, comprometer todo esse magní-

fico esforço, apresentando-me estupidamente ao público pelo meu próprio nome.[3]

Decididamente, os homens do universo de Chrysanthème não estão muito distantes dos de nossos tempos.

—

BEATRIZ RESENDE é professora titular de Literatura Comparada da Universidade Federal do Rio de Janeiro (UFRJ) e pesquisadora.

---

[3] Rio de Janeiro: Livraria Leite Ribeiro Freitas Bastos, 1924.

Primeira edição
© Editora Carambaia, 2019

Esta edição
© Editora Carambaia
Coleção Acervo, 2022

Revisão
Ricardo Jensen de Oliveira
Tamara Sender
Tomoe Moroizumi

Projeto gráfico
Bloco Gráfico

CIP-BRASIL. CATALOGAÇÃO NA
PUBLICAÇÃO/SINDICATO NACIONAL
DOS EDITORES DE LIVROS, RJ/
C482e/Chrysanthème, 1870-1948/
Enervadas/Chrysanthème; posfácio
Beatriz Resende. [2. ed.] São Paulo:
Carambaia, 2022./160 p; 20 cm.
[Acervo Carambaia, 17]
ISBN 978-65-86398-63-2
1. Romance brasileiro. I. Resende,
Beatriz. II. Título. III. Série.
22-76070/CDD 869.3/CDU 82-31(81)

Gabriela Faray Ferreira Lopes
Bibliotecária – CRB-7/6643

Editorial
Fabiano Curi (diretor editorial)
Graziella Beting (editora-chefe)
Livia Deorsola (editora)
Kaio Cassio (editor-assistente)
Karina Macedo (contratos e direitos autorais)

Arte
Laura Lotufo (editora de arte)
Lilia Góes (produtora gráfica)

Comunicação e imprensa
Clara Dias

Comercial
Fábio Igaki

Administrativo
Lilian Périgo

Expedição
Nelson Figueiredo

Atendimento a leitores e livrarias
Meire David

Fontes
Untitled Sans, Serif

Papel
Pólen Soft 80 g/m²

Impressão
Ipsis

Editora Carambaia
Av. São Luís, 86, cj. 182
01046-000 São Paulo SP
contato@carambaia.com.br
www.carambaia.com.br

ISBN
978-65-86398-63-2